त्रिवेन्द्र

एक जिंदगीनामा

खैरासैंण का सूरज

त्रिवेन्द्र

एक जिंदगीनामा

खैरासैंण का सूरज

डॉ. नंदन सिंह बिष्ट 'विश्व'

प्रभात
पेपरबैक्स
www.prabhatbooks.com

प्रकाशक

प्रभात पेपरबैक्स

4/19 आसफ अली रोड, नई दिल्ली-110002

फोन : 23289777 • हेल्पलाइन नं. : 7827007777

इ-मेल : prabhatbooks@gmail.com ❖ वेब ठिकाना : www.prabhatbooks.com

संस्करण

प्रथम, 2018

मूल्य

एक सौ पचास रुपए

अ.मा.पु.स. 978-93-5266-583-9

मुद्रक

आर-टेक ऑफसेट प्रिंटर्स, दिल्ली

TRIVENDRA : Ek Zindaginaama
by Dr. Nandan Singh Bisht 'Vishw'

Published by **PRABHAT PAPERBACKS**
4/19 Asaf Ali Road, New Delhi-110002

ISBN 978-93-5266-583-9

₹150.00

यह मनोवैज्ञानिक शोधगाथा सुदूर गाँवों में बसे पहाड़ के जन-जन को समर्पित है, जो कभी नहीं भूले हैं कि उत्तराखंड के निर्माण का उनका संघर्ष असल में नवचेतना के निर्झरों की विरल धारा और स्थूल ज्ञान के निरंकुश महासागरों के भीमकाय ज्वारों-उन्मादों के बीच का ही प्राकृतिक द्वंद्व था। अब बदले हुए वक्त में जबकि पहाड़ी चेतना के ललित निर्झरों को अपनी पहचान मिल गई है, उनकी पारदर्शी प्रतनुता पर विकास के बाहरी बादलों का फटना भी बढ़ गया है और आस-पास उद्वाष्पन की धुंध भी छाने लगी है। ऐसे में अपने आप से यह पूछना जरूरी हो गया है कि हमें कैसा उत्तराखंड चाहिए? अमल-धवल पानी और जमकर बहती जवानी का पहले वाला पहाड़ या फिर बोतलबंद मिनरल पानी और निर्मूल जवानी का नया उत्तराखंड!

विज्ञप्ति

इस कृत्य के सारे अध्याय यदृच्छया
कंप्यूटर द्वारा अनुक्रमहीन बना दिए गए हैं।
अत: इस कृति में कोई तारतम्य,
कथाक्रम नहीं रखा गया है।
ऐसा इसलिए कि इस खंड का उद्देश्य
किसी का महिमामंडन अथवा मूर्तिस्थापन नहीं है।
यह पुस्तक विशुद्ध रूप से राजनैतिक
मूर्तिभंजन, प्रतिमा–विखंडन की पोथी भर है।
इस पुस्तक को मनमाने रूढ़िभंजक तरीके से
अनुक्रम के बिना पढ़ना आदर्श रहेगा।

लेखक/ 'फिजिशियोसॉफर'

प्रेरणा

त्रिवेन्द्र सिंह रावत के उत्तराखंड के आठवें मुख्यमंत्री के रूप में शपथ लेते ही—मार्च महीने में गरमी की शुरुआत में ही—हड़कंप मचाने वाली शीत लहर शुरू हो गई थी। साँसों की नमी जमकर चुभने लगी थी। इस बर्फबारी में मुख्यमंत्री को कँपकँपाने, झकझोरने की खूब कोशिशें हुईं। मगर जब कैसे भी उनको हलाल होने वाली झुरझुरी नहीं आई तो फिर पूरी तरह से हिलाने और चलता कर देने की हिमवाती चेष्टाएँ होने लगीं। जमे हुए उत्तरी और दक्षिणी ध्रुव एक होने लगे। किंतु हिमपात के अवक्षेप से बना प्रतीत होता यह शिवलिंग असल में ठोस पत्थर निकला। अखंड और अद्वैत। किसी विश्वासपात्र की स्लेजगाड़ी का इंतजार किए बगैर बर्फ में पत्थर का यह शिवलिंग चलने लगा तो उसकी पदछाप से जमी बर्फ भी पिघलने लगी। और इतनी देर से कँपकँपा रही मेरी कलम भी चलने लगी।

उत्तराखंड की सियासत में साल भर चलने वाली इस बर्फबारी, झुरझुरी, हल्लन, स्पंदन की संस्कृति, जो गरमी में भी सर्दी के कपड़े पहनने को मजबूर कर देती है, हमेशा के लिए खत्म हो, यही मेरी कामना है। हाँ, यह आवश्यक है कि निर्जन हिमालय में ग्लेशियरों के पोषण के लिए जरूरी हिमवर्षा लगातार होती रहनी चाहिए। ऐसा तभी संभव है, जब उत्तराखंड का सियासी हिमयुग हमेशा के लिए भूमिगत होकर पूरी तरह शुष्क हो चुके भूगर्भीय जलस्रोतों का सिंचन, भिंजन करे।

नय शुभकामनाओं के साथ

—लेखक

आभार

सर्वप्रथम त्रिवेन्द्रजी को ही आभार, जिन्होंने मुझे मूर्तिभंजक-नास्तिक, अनास्थावादी-फिजिशियोसॉफर जानते हुए भी अपने चेतन-अचेतन पर जोरदार हथौड़े चलाने दिए और कभी मेरे प्रति अपनत्व और आपा नहीं खोया।

श्रीमती सुनीता रावत, जो बेतकल्लुफी और सादगी की मिसाल हैं—उनसे जानी हुई सच्चाइयाँ इतनी सुकुमार हैं कि वे किसी भी किताब का हिस्सा नहीं हो सकतीं।

डॉ. चेतना बिष्ट, जिनके द्वारा खरीदे गए चेतक कागज पर ही मैंने अपने अवचेतन की गहरी नीली स्याही चलाई। इस शर्मिंदगी के साथ कि कागज को कूड़ा करने में मेरा कोई सानी नहीं।

सुश्री बबीता, जिन्होंने जीवन में पहली बार बिना पांडुलिपि के सहारे ही टाइप किया, वो भी मेरी फिसलाऊ पहाड़ी जुबान और भोंड़े उच्चारण को सही पकड़कर। लेखक बनने की उनकी आकांक्षा भी फलवती हो।

मेरे अमल-असल मित्र धीरेंद्र पँवार, जिन्होंने सुबह की धुली धूप की तरह प्रकाशन का सारा जिम्मा अपने सिर पर लेकर मुझे केवल हल्का ही नहीं किया, मेरे सृजन की रातों की नींद भी न उड़ने दी। खैरासैंण के सूरज को अपने ईमानदार-जानदार कंधों पर ढोने के लिए उनका शुक्रिया।

अनुक्रम

खंड-एक

अभीष्ट

एक भूमिका खूबड़-खाबड़ सी

(1)

व्यक्तियों और स्थलाकृतियों को तराशने में प्राकृतिक कारकों का योगदान सबसे अहम होता है। प्रकृति अपने आप में जड़ है, अचेतन शक्ति है। किंतु पहाड़ भिन्न हैं। पहाड़ उच्च ऊर्जा के क्षेत्र हैं और प्रतिध्वनि से गुंजायमान। प्रकृति के अन्य रूपों की तरह पहाड़ केवल अचेतन और जड़ नहीं, बल्कि स्फूर्ज और स्वत:स्फूर्त हैं। पहाड़ मिट्टी-पत्थर की बेडौल और भोथरी राशि न होकर सजीवता और प्रखर उल्लास के जीवंत दर्शन हैं। प्रकृति में जो भी नितनवीन है, उसका उदय पहाड़ में ही होता है।

इन सच्चाइयों के विपरीत पहाड़ों को पौराणिक माना जाता रहा है। सौंदर्य, कलरव और आश्चर्य को पल-पल में नए रूप में जानने वाले पहाड़ों को अतीत की धरोहर समझा जाता रहा है। जाहिर है कि विरोधाभास पहाड़ के मूल में ही है। केवल विरोधाभास ही क्यों, पहाड़ तो हर प्रकार का आभास गड़ लेते हैं। चाहे वह ऊँचाई हो या परछाईं। गहराई हो या झाईं। नीरवता हो या कलरव।

तो फिर चेतना के उदय के पूर्व से ही पहाड़ चैतन्य हैं। जब जीवन नहीं रहा होगा तब भी पहाड़ अपनी निर्मल धाराओं के अनुनाद से गुंजायमान रहते होंगे। जब पहाड़ पर कोई नहीं चलता था, तब भी मेघराशियाँ और प्रच्छायाएँ चलती रही होंगी। कालांतर में इसी सजग पहाड़ी चेतना को संपूर्ण जीवन ने आत्मसात् किया होगा।

तो फिर नवीनता ही यदि संचेतना है तो पहाड़ पौराणिक क्यों ? क्यों पहाड़ों को जड़ता और ठंडेपन का पर्याय माना जाता है ? पहाड़ चिरता के उच्च वाहक भी हैं, जबकि अपने आस-पास की मैदानी जमीन से भौगोलिक रूप से आधुनिकतम

हैं। तो फिर ऐसा क्या है पहाड़ों में कि हर चीज अपने आप पौराणिकता ओढ़ लेती है, हर चीज चिरता का पर्याय बन जाती है?

जड़ में ही चेतन यदि कहीं है तो वह पहाड़ में ही है। पत्थरों के बीच से अम्लान जलधारा अकस्मात् फूट आती है और अचानक ही कोई पत्थर चलने लगता है। धरती काँपने लगती है। मिट्टी दरकने लगती है, पेड़ दो फाड़ हो जाते हैं। जड़-चेतन का जीव-वैज्ञानिक विभेद यहाँ मिट जाता है और समयविज्ञान की सारी परंपराएँ टूट जाती हैं—जो नितनवीन है वही प्राचीन है। जो अस्थिर और ढिलमिल है, वही चिरस्थायी है।

तो प्राचीनता यदि आंतरिक भाव है तो नवीनता उसका बाह्य रूप है। इसमें कोई द्वैतवाद अथवा दोहरापन नहीं। नूतन पुरातन का ही बाह्य आवरण है। पुराना, नए का ही अंत:करण है। पहाड़ एकात्मकता है, एकमात्र भाव है, क्योंकि ऊँचाई का कोई दूसरा रूप नहीं हो सकता। गहराई का दूसरा सिरा भी ऊँचाई ही है।

हर कोई ऊँचाई को छूना और पाना चाहता है, किंतु ऊँचाई खुद पर किसी को नहीं रखती। उच्चता सदैव अशरण्य और असत्कारशील होती है। क्योंकि उच्चता ही असल में चिरता का भाव है। जड़-चेतन के दोहरेपन के परे। न पत्थर चिरस्थायी है न प्राण। यदि चिर है तो ऊँचाई का वह प्रांगण अथवा प्रतीक, जिसको चढ़कर पत्थर भी देवता बन जाते हैं। जिसके आरोहण से प्राण पांडवों की तरह चेतना की स्वर्गीय अनुभूति में पहुँच जाते हैं।

अत: ऊँचाई जड़-चेतन दोनों का ही प्राकृत मार्ग है। जहाँ पत्थर होंगे, वहाँ तक चेतना जरूर पहुँचेगी। और जहाँ भी चेतना होगी, वहाँ पत्थर भी पहुँच जाएँगे।

किंतु ऊँचाई को चढ़े ये पत्थर बहुत देर तक आत्म-मुग्धता में लीन देवता बने नहीं रह सकते। जागरण अपरिहार्य घटना है। या फिर अगर यह कहें कि जागरण ही घटना है तो गलत नहीं होगा। पहाड़ का नियम है कि जो भी जड़ है, चैतन्य भी उसी में है—तो फिर 'देवता' आने की परंपरा भी इसी भूगोल से उपजी है—अचानक जमीन में हलचल होती है, अचानक व्यक्ति काँपने लगता है। ऊँचाई पर जो कुछ भी हो, जड़-चेतन सबकुछ ढेर हो जाता है। सिर्फ अमूर्त उच्चता रह जाती है। उच्चता, जिसका कोई सानी नहीं। जो सिर्फ अपने ऊपर चढ़ने से ही आती है।

जीवन की तरह हिमालय के इन पर्वतों का उदय भी सागर की तलहटी में ही हुआ है। ये पहाड़ पर्वत अपने में अनंत काल की छाया-प्रच्छाया ओढ़े हुए हैं। यही कारण है कि पहाड़ मानवीय संचेतना और संस्कृति के स्वाभाविक माध्यम माने जाते हैं। किंतु संस्कृतियों-सभ्यताओं में एक विशिष्ट अलगाव भी होता है। ऐसी विलगता, जो उन्हें नैसर्गिक जीवन की सहज अनुभूतियों से दूर करती है। कहना न होगा कि पहाड़ मिट्टी के ढेर मात्र न होकर सजीव, किंतु पृथक्कित व्यक्ति का रूप ले लेते हैं। तो एक तरह से पहाड़ व्यक्तिवादी भी हैं। यानी कि भिन्नतावादी, बहुलतावादी, जनवादी और जनतांत्रिक। पहाड़ अपने आस-पास की अविभेदित, अनाकार, एकाकार और सोई हुई जमीन से न केवल अलग हैं, बल्कि जाग्रत् और जीवनशील भी हैं। पहाड़ किसी अविभाज्य राज्य की तरह निरंकुश और एकछत्रवादी नहीं बल्कि स्वतंत्रता-स्वच्छंदता की बनती-टूटती संरचनाएँ हैं। ऐसा वास्तविकता में है। किंतु कल्पना और आस्था के सहारे जीने वालों के लिए पहाड़ एक स्तंभीय और एकात्मकता के कठोर प्रतीक हैं। यहीं से पहाड़ के प्रति भ्रांतियों और नासमझी की शुरुआत होती है। जाहिर है कि मनवादी और मनुवादी दोनों परंपराओं के लिए पहाड़ उच्चता के ढेर मात्र हैं।

तो फिर पृथकत्व पहाड़ीपन की ही दूसरी स्थिति है। ऐसी पृथक्कता पौरुषिक भी है। मतलब कि पहाड़ स्वयं में एक स्वयंभू लिंग हैं—विभेद हैं, गुण हैं। यह स्वयंभू शीतल पार्वतीय लिंग नारी रूपी प्रकृति के हिम सौम्य में लिपटा हुआ है। तो फिर कोई द्वैतवाद नहीं, पुरुष और प्रकृति एक ही हैं। किंतु यह कृत्रिम अर्धनारीश्वर भी नहीं बल्कि पूर्ण नारी, पूर्ण पुरुष है।

(2)

पौराणिकता के इतर उत्तराखंड का अपना जीता-जागता पृथक् इतिहास रहा है। अलग राज्य की संकल्पना से पहले सदियों से ही उत्तराखंड को एक भिन्न, किंतु विशिष्ट चेतना का दर्जा प्राप्त था। नवीन भारतीय गणराज्य में भी आरंभ से ही उत्तराखंड के विशेष भौगोलिक एवं ऐतिहासिक स्थान को पहचान देने और संरक्षित रखने की माँग जब-तब जोर पकड़ती रही।

मगर अफसोस कि उत्तराखंड राज्य का निर्माण बिना रक्त बहाए, बिना अश्रु

झराए न हो सका। पूरी मानवीय चेतना को शर्मसार होना पड़ा। शासकों को न जाने ऐसा क्यों लगा कि पहाड़ देश की सांस्कृतिक चेतना से हमेशा के लिए अलग हो जाएँगे। ऐसा भी हो सकता है कि यह पहाड़ों की स्वच्छंद जागरूकता के दमन का अहंकारी और प्रतिक्रियावादी प्रयास मात्र रहा हो। आखिर युगों से यही तो होता आया है। वास्तविकताओं का संहार और कपोत-कल्पनाओं का व्यापार।

और तो और हास्यापद रूप से अस्सी के दशक के आजीविका और स्वायत्तता के विशुद्ध संरक्षणवादी चिपको आंदोलन को पृथक् राज्य की लड़ाई में बदल दिया गया। बाढ़ वाली नदी इतने रंगों के साथ आगे बढ़ती है कि यह पता करना मुश्किल हो जाता है कि कौन सा रंग वास्तविक और मौलिक है। चिपको को पारिस्थितीकीय विज्ञान के मौलिक जन-आंदोलन का अंतरराष्ट्रीय तमगा भी मिला, जो कि और भी हास्यजनक है। जो भी हो, मनुष्य की चेतना की कुटिलता और कृत्रिमता का प्रकाश सार्वजनिक तो हुआ। चिपको आंदोलन ने पीढ़ियों से शोषित और उपेक्षित पर्वतीय चेतनाधारा को नया धरातल दिया और हमेशा के लिए पेड़ों-पत्थरों पर कलम से अंकित कर दिया कि जो कुछ भी नया उपजेगा, पहाड़ों से ही उपजेगा। कोई भी चेतना ऊँचाई और नीरवता के नीड़ के बिना उत्पत्ति और विकास नहीं पा सकती।

अब चाहे तो कोई पहाड़ को पौराणिक और बूढ़ी संज्ञा कह ले। भले ही विचारवादियों, मतावलंबियों के लिए पहाड़ नीरव-एकरसता का जीवनशून्य प्रतीक भर हों। भले ही पहाड़ अपने सौम्य और शांत प्रकृति के चलते कम जाग्रत् और जड़ प्रतीत होते हों। भले ही पहाड़ सोये हुए और निष्क्रिय लगते हों—पहाड़ पल में चौंका सकते हैं, गिरा सकते हैं, दरका सकते हैं, दूर फेंक सकते हैं, जमींदोज कर सकते हैं। पूरी तरह से नेस्तनाबूद कर सकते हैं।

पहाड़ हमेशा बदलते रहते हैं, किंतु पहाड़ के प्रति लोगों का दृष्टिकोण कम ही बदलता है। ऐसा इसलिए होता है, क्योंकि पहाड़ धारणा में अचल और अपरिवर्तनशील लगते हैं। वो भी इसलिए, क्योंकि पहाड़ अपने आस-पास कम ही झाँकने का मौका देते हैं। ऊँचाई और गहराई का तिलिस्म बोध को सम्मोहन से ढक देता है। जिस प्रकृति में क्षणिकता और नश्वरता के साक्षात् दर्शन होते हों, उसमें व्यक्ति की कल्पनाशीलता अमरता और चिरता के पाठ पढ़ लेती है।

पहाड़ खुद कोई छलावा नहीं करते। वे तो ऊँचाई और छाया भर देते हैं। अब कोई छायाओं के रहस्य में ही लीन हो जाए तो पहाड़ों का क्या दोष! फिर कोई ऊँचाई को ही ध्येय मान ले तो पहाड़ पर पतन का अभियोग किसलिए? पहाड़ ने कब कहा है कि गहराई उसकी अंतरात्मा है? गहराई अभाव है तत्त्व और पदार्थ का, अर्थ का। अब कोई यदि गहनता को ही यथार्थ मान ले तो इसमें पहाड़ की गलती कहाँ है? पहाड़ कोई भ्रम और माया के जनक नहीं है। पहाड़ नित नई चेतना का प्रसार करते हैं। इसलिए भूले रहते हैं। भोले रहते हैं।

पहाड़ के मूल से पहाड़ के शिखर तक एक सीधी रेखा भीतर-भीतर चलती है। इसी को पहाड़ी सरलता अथवा मूढ़ता कहते हैं, जो कि टेढ़े-मेढ़े ऊबड़-खाबड़ चढ़ानों, ढलानों के बावजूद कभी नहीं मिटती। बहुत से लोग पहाड़ की इसी अंदरूनी सादगी के कायल हैं। अधिकांश लोग, किंतु पहाड़ के भोथरे और दरार-दृष्टि वाले बाह्य स्वरूप के प्रति उपेक्षा का भाव रखते हैं। और 'पहाड़ी' शब्द एक प्रचलित गाली भी है। किंतु सभी लोग यह यकीन करते हैं कि इन बेडौल और भोथरे पहाड़ों पर चढ़कर उच्च और तीव्र चेतना पाई जा सकती है। पर्वतारोहण इसी धारणा का निष्कर्ष है। पहाड़ में धार्मिक पर्यटन के पीछे भी यही सोच विद्यमान है।

किंतु अवचेतन प्रकृति के सौंदर्य और सौम्य से कुसुमित होने के कारण कई लोग पहाड़ को केवल भोग्या की दृष्टि से देखते हैं। फलतः पहाड़ों में पर्यटन के लिए अमोद-प्रमोद और मनोरंजन के संसाधन बढ़ाने पर जोर दिया जाने लगा है। यह परंपरागत योगवादी भाव के इतर भोगवादी प्रभाव हैं। नुक्कड़ों, चौराहों और वातानुकूलित बैठकों में ऐसे बहुतेरे लोग मिल जाएँगे, जो उत्तराखंड को दूसरा स्विट्जरलैंड देखना चाहते हैं। अब कहना न होगा कि ऐसे लोग क्या चाहते हैं। ये लोग उत्तराखंड को अय्याशी और उन्माद के एक और आरामगाह में तब्दील करने की जल्दबाजी में हैं।

अब कोई खुद कैसी भी धारणा रख ले, पहाड़ अपने ऊपर कुछ भी नहीं रखते—न कोई रास्ता, न कोई मंजिल। न ही कोई मत, न ही कोई पथ। पहाड़ निर्विकार हैं, दार्शनिक हैं। पहाड़ साक्षी हैं, पहाड़ देख रहे हैं—देखो तो पहाड़ जाग रहे हैं! ये कभी लेटे नहीं, ये कभी सोए नहीं। ये न झपकी लेते हैं, न करवट

बदलते हैं। इनके काँपने भर से सदियों पुरानी मान्यताएँ और सभ्यताएँ धराशायी हो जाती हैं। पहाड़ में पहाड़ से बड़ा कुछ भी नहीं, कोई भी नहीं—न मनुष्यत्व, न ईश्वरत्व, न ही कोई अन्यान्य तत्त्व।

'देवता आना' एक कथन भर नहीं एक समवेत, समग्र पहाड़ी चेतना है। जहाँ जमीन हिलती है, वहाँ आदमी भी काँपता है। जहाँ आसमानी बिजली गिरती है, वहाँ उच्च चेतना का चमत्कार भी दिखता है। वस्तुत: हलचलों, जलजलों से ही हिमालय की चमक है। स्थिरता है, सौम्य है। हर जलप्रलय और जलजले के बाद पहले से तीक्ष्ण चेतना का जन्म होता है।

पृथ्वी के समान इस शरीर को देवता भी कँपाता है और शीतज्वर भी। नई जागृति नई तकनीक भी है नई प्रतिरोधकता भी। तो फिर पहाड़ में जलजले आना और अचानक ही किसी पर देवता सवार हो जाना सामान्य बात है। पुरानी मान्यताएँ ऐसे में ढेर हो जाती हैं और अवसरवादी ताकतें जगह-जगह जड़ जमाने लगती हैं। ध्यान रहे कि नई चेतना के जन्म के साथ नए अवसर भी जन्म लेते हैं। और इसी के आसपास पैदा होती है एक मौकापरस्त सियासी सोच।

अनदेखी और शोषण की सर्वविद्यमान पहाड़ी मानसिकता इसी सियासी सोच का परिणाम है। ऐसा इसलिए भी है कि पहाड़ों में एक खालीपन है। पहाड़ में कुछ भी टिकता नहीं। न हिमानी, न जिंदगानी। न पानी, न जवानी। पीछे रह जाती है तो सिर्फ पलायन की कहानी और बूढ़े झरनों की उदास रवानी। और जो पीछे रह जाते हैं, वे दूसरों का मुँह न ताकें तो क्या करें! वह बारिश की सौगात हो या अन्य किसी भी तरह की राहत, प्रकृति से उदारता की प्रत्याशा ही असल में सियासी राहत की चाहत है। जिस तरह से वीरान अँधेरी घाटियों को सूरज का प्रकाश अपने रंगों से भरता है, उसी प्रकार पहाड़ी जीवन की रिक्तता को सियासी चहल-पहल की दरकार महसूस होती है। जाहिर है कि ऐसी किसी चेष्टा में संजीदगी न होकर अवसरवादिता ही अधिक होती है। और राहत की चाहत पाले पहाड़ी मानस को अपने आप ही खुदगर्ज और लालची मान लिया जाता है। कभी न संतुष्ट होने वाली वासनाग्रंथि। यों भी राजनीति के मूल में व्यक्ति की स्वार्थपरकता और अनंत इच्छाओं, जरूरतों का ही काल्पनिक बोझ है। जिसका विकास व्यक्तिहित के बजाय जनहित के नाम से किया जाता है। और फिर इसी जनहित को जनतंत्र कहा जाता है।

(3)

हम बनावटीपन और 'पॉलिश' के इतने आदी हो चुके हैं कि सरलता, निष्कपटता के साथ सहज-सुलभ विषमता हमें ग्राह्य नहीं। त्रिवेन्द्र रूखे और खुरदरे पहाड़ हैं। असंगत और बेजोड़ हैं। सामने खड़े होते हैं तो दूर और ठंडे लगते हैं हिमालय की तरह। बैठे होते हैं तो अँधेरे और बेजान लगते हैं किसी जनशून्य घाटी की तरह।

किंतु ये वही त्रिवेन्द्र हैं, जो पास आने पर अत्यंत तरल, सरल और अमल हैं। बिल्कुल निर्झर जैसे। पूरी तरह से अकृत्रिम। जो भी बनावटीपन है, वह स्वच्छंदता के वेग से है। एकांत की गूँज से है। त्रिवेन्द्र किसी को नाम से पुकारें तो लगेगा कि पूरी नयार नदी ने एक साथ गहरे में कल्लोल भरा हो। छलकने की जगह भरने की आवाज। भाव की जगह प्रभाव का आविर्भाव। अभिव्यक्ति के स्थान पर आत्मसात् करने की प्रगाढ़ता। त्रिवेन्द्र एक साधारण किंतु असली आदमी हैं। उनमें कोई बाह्य विशिष्टता नहीं सिर्फ सरलता है। सरलता भी ऐसी नहीं, जो भीतर-ही-भीतर दबती चली गई हो—सरलता ऐसी, जो बोलती है अंदर से। अंदर-ही-अंदर गूँजती है। जैसे पर्वतों की किसी गहरी घाटी में प्रपात की पीड़ा प्रतिध्वनित होती हो। ऐसी सीधी सरलता जिस पर चढ़ने के लिए कोई बाहरी बनावट या उपाय नहीं है। हाँ, उसके साथ गिरना, फिसलना आसान है। लेकिन अपने आप जोखिम उठाकर। अपना सिर बचाकर।

तो फिर त्रिवेन्द्र में क्या रखा है ? पहाड़ में क्या रखा है ? पहाड़ भी खाली-खाली। त्रिवेन्द्र भी खाली-खाली। नीरस, नीरव, निश्चल, निश्छल। तो फिर चलो पहाड़ को कोई आईना तो मिला ! पहले-पहल ही सही। त्रिवेन्द्र के रूप में वैसे ही अडिग, अविह्वल किंतु सहज ही जागृतिसुलभ। स्थिर किंतु संगीतमय। अकृत्रिम किंतु परिवर्तनशील।

राजसत्ता में पहली दफा ठहरे पानी में नहीं बल्कि सीधे बर्फ में पहाड़ का प्रतिबिंब देखने का यह अवसर है। उनको जिन्होंने जमा पानी के आईनों में काई लगे प्रतिबिंब भर देखे हैं, उनके लिए त्रिवेन्द्र एक खुशखबरी की तरह हैं। प्रतिबिंबों का एक झरना हैं। नएपन की एक नदी हैं।

दूर समंदर तक कोई नहीं जाना चाहता—पहाड़ की नमी नीहार बनकर पहाड़

के कंधों पर ठहर आए, इतना भी क्या कम है!

पहाड़ में यदि समय से चकबंदी हुई होती तो हम त्रिवेन्द्र के उगाए शाक और फल खा रहे होते। संभव था गरमियों में भी पहाड़ी पालक और सर्दियों में भी देसी चौलाई। किसानी का शौक त्रिवेन्द्र अब भी पाले हैं, यदि पहाड़ की भूमि ने फिर कभी मौका दिया तो।

तो त्रिवेन्द्र किसानी जहनियत के शख्स हैं। उनमें चासा मानसिकता कूट-कूट कर भरी पड़ी है। किसान पूर्णतया कर्मयोगी होता है। किसान ख्वाबों के बीजों की खेती नहीं करते वरन् खरे बीजों से ख्वाब उगाते हैं। ऐसे में सहज-विश्वासी त्रिवेन्द्र को कभी भी अतिविश्वासी नहीं कहा जा सकता। कौतूहलपूर्ण जिज्ञासा उनके स्वभाव में है। नए के प्रति तीव्र उत्कंठा रखते हैं और हर सूचना को चेतना की सतह पर चलाने के अभ्यस्त हैं। प्रकृति और बाह्य संसार के प्रति उनकी विस्मयपूर्ण संवेदना है। व्यक्तियों की प्रज्ञा के प्रति आश्चर्यजनक सम्मान का भाव है। कुल मिलाकर विस्मय उनकी षष्ठेंद्रिय है।

त्रिवेन्द्र एक राजनेता होने के साथ-साथ धार्मिक व्यक्ति भी हैं। मगर वे धर्म और राजनीति की कृत्रिम सच्चाइयों से अनभिज्ञ नहीं हैं। राजसत्ता और धर्मसत्ता दोनों की कोई निजी वास्तविकता नहीं। दोनों ही केवल वास्तविक व्यक्तियों के द्वारा निर्मित विश्वास और आस्था पर निर्भर हैं। आस्था या विश्वास हमेशा ही एकत्ववादी अथवा परमसत्तावादी होते हैं। क्योंकि हकीकत के बजाय जब कल्पना चलती है तो किसी एक केंद्र पर आ टिकती है। मतलब साफ है—आस्था पर आधारित कोई भी चीज एकध्रुवीय और अखंड ही हो सकती है। यहाँ पर बहुलतावाद के लिए कोई जगह नहीं। आस्था एकरसता, एकरूपता ही चाहती है। हर चीज को एक ही मुखौटा पहना दिया जाता है। अलग कुछ भी नहीं होता। जो कुछ भी होता है, वह उसी परमसत्ता की प्रच्छाया या प्रतिकृति होता है।

जाहिर है कि राजसत्ता में न कभी बहुलतावादी जनतंत्र आ पाता है, न ही धर्मसत्ता में अनेकवादी व्यक्तिधर्म। फलतः सत्ता के शीर्ष पर बैठे लोग निरंकुश और स्वेच्छाचारी प्रकृति को प्राप्त हो जाते हैं। प्रजा राजा की ही प्रच्छाया है, आत्मा परमात्मा का ही प्रतिबिंब है। ऐसी केवल धारणा है, वास्तविकता नहीं। वास्तविकता में सिर्फ समानता का ही अस्तित्व होता है। वास्तविक संसार में

कोई अधिनायक नहीं, कोई परम सत्ता नहीं। केवल और केवल भिन्नवादी दशा, अवस्था, स्थिति, तल, स्तर, सीमा अथवा पदवी होती है। वास्तविक संसार भी एक है, एकात्मकतावादी है, किंतु सारी संभव भिन्नताओं के योग से। कुछ भी जो अलग है या हो सकता है, एक ही अस्तित्व में अवश्य स्थान पाता है। वास्तविकता में वास्तविकता के अलावा कोई दूसरा नहीं। किंतु कोई भी संकल्पना या विचारधारा किसी न किसी अन्य विचारधारा की ही प्रतिलिपि होती है।

(4)

त्रिवेन्द्र इस बात से अनजान नहीं। राजधर्म में एक मामूली सी भी चूक राजनायक को निरंकुशता-उच्छृंखलता का पर्याय बना सकती है। थोड़ा सा भी आत्मसंश्लेषी होने को विलासिता या भोगवाद का प्रमाण माना जा सकता है। तो फिर कैसे सत्ता के शीर्ष पर बैठा व्यक्ति आत्मभंजक, आत्मध्वंसक बने, कैसे राजधर्म को राजकर्म में बदले? किस प्रकार से राजनीति को राजदर्शन तक पहुँचाए? अंततः किस प्रकार से राजदर्शन को सिर्फ दर्शन रहने देकर नवीन चेतना धारा को जन्म लेने दे? ताकि जनतंत्र को नित नया कलेवर मिलता रहे!

आस्था पर निर्भरता के चलते धर्मसत्ता और राजसत्ता दोनों ही अपने को एक अवसर तथा एक उत्सव के रूप में देखते हैं। अवसर और उत्सव हमेशा एक-दूसरे के पूरक हैं। अवसर उत्सव को जन्म देता है। उत्सव नए अवसरों की सृष्टि करता है। किंतु त्रिवेन्द्र इस 'अवसर' में कहाँ हैं? क्यों नहीं त्रिवेन्द्र के चारों तरफ कृत्रिम प्रकाश और उत्सवी आभास हैं? यहीं पर त्रिवेन्द्र की खुद के लिए एक अलग सोच झलकती है।

न कोई अवसर, न कोई उत्सव। जीवन सिर्फ एक चढ़ती-उतरती डगर, एक गहरा-ऊँचा कलरव। ऊँचाई के नीचे हमेशा धरातल है। इसलिए कोई भय नहीं। तल नहीं मिलता तो ऊँचे उड़ते हुए को। अवसर है तो सिर्फ एक ही और वह है अवरोह की ओर छलाँग। उत्सव की पूरी एक पृथ्वी इसी एक घटते कदम के इंतजार में रहती है। सारी सृष्टि को इसी गहरे अवतरण की प्रतीक्षा होती है।

कौन नहीं जानता कि पहाड़ी रास्ते टेढ़े-मेढ़े और सँकरे होते हैं। तंग पहाड़ी दर्रों से अकेले ही गुजरा जाता है। वह भी झुककर, रुककर, आहिस्ता-आहिस्ता,

पैर जमाकर, सँभलकर। आगे वाले का मार्गदर्शन यहाँ काम नहीं आता। अगला न जाने किस मोड़ में हो, किस चौड़ में हो! किस होड़ में हो! पिछले का हाथ और साथ भी किसी मतलब के नहीं। वह न जाने पास दिखते हुए भी कितने पीछे हो, कितने नीचे हो! पहाड़ वह जगह है, जहाँ अपने कदमों पर भरोसा करना होता है। अगर रास्ता कुछ अधिक ही तंग और फिसलन भरा हो तो सबकुछ उतारकर चलना पड़ता है। यहाँ तक कि पैर का जूता भी। यानी कि जो कुछ भी अर्जित-सर्जित है, सब पीछे छोड़कर डग भरना होता है। नजरें इतनी नीचे रखनी होती हैं, जैसे आँखों से नहीं पैरों से उगी हों। इतनी सटाकर रखनी होती हैं कि डग भर नजर आए।

त्रिवेन्द्र इसलिए अकेले चलते दिखते हैं। किसी भीड़ का हिस्सा नहीं लगते। भीड़ की भेड़चाल में अपने कदम खोना नहीं चाहते। अपने से पीछे वाले को भी अपने पदचिह्न में नहीं उलझाना चाहते। मकसद साफ है—हर व्यक्ति के कदमों की स्वायत्तता और डग भरने की निजी शक्ति बनी रहे। यही त्रिवेन्द्र का जनसत्तावाद है। लोकतंत्र है। दर्शन है।

जब व्यक्ति धरातल पर रहना चाहता है तो नंगे पैर चलता है। त्रिवेन्द्र के लिए यह कोई प्रयोग नहीं है। असल में यह उनका अपने पैरों में गहरा विश्वास हैं। कोई रास्ता नहीं तो कोई जड़ ढूँढ़ ही लेंगे। पैर त्रिवेन्द्र के लिए सबकुछ हैं। हाथ तो गिरने पर काम आएँगे। त्रिवेन्द्र को अपने पैरों की गूँज नहीं चाहिए। गूँज एकाकीत्व को भंग करने की कला है। त्रिवेन्द्र को अकेलेपन से डर नहीं लगता। अकेलापन पहाड़ी जीवन-यात्रा का अभिन्न अंग है।

किंतु बनावटीपन और अभ्यस्ति के इस दौर में ऐसे कितने त्रिवेन्द्र हैं? हम भूल ही बैठे हैं कि धर्मसत्ता अथवा राजसत्ता के शीर्ष पर सिर्फ ऊँचे खड़ाऊँ वाले ही पहुँच पाते हैं। या फिर वे, जो रस्सियों, रहस्यों के सहारे उतार दिए जाते हैं। नंगे पैरों से चलकर सत्ता का अग्निपथ कम ही लोग पार कर पाते हैं। यह इसलिए भी संभव हो सका कि उतरते-उतरते एक जरूरी चढ़ाई सामने आ गई। त्रिवेन्द्र कुछ भी जरूरी को जाने नहीं देते। गैर-जरूरी कितना भी जरूरी बनकर सामने आ जाए, उसको अंगीकार नहीं करते।

उन पर भी मुखौटेबाजी और ऊँचे खड़ाऊँ के लिए बहुत दबाव होगा। किंतु

ब्रांडेड जूते और मुखौटा पहनकर त्रिवेन्द्र सवेरे-सवेरे खेल तो सकते हैं, मगर चल नहीं सकते। पहाड़ में तो बिल्कुल भी नहीं। उनके इस गैरसियासी गँवरूपन और पहाड़ी मूढ़ता को ढकने की कोई व्यवस्था नजर नहीं आती। जड़ पहाड़ की तरह त्रिवेन्द्र सामने होते हैं तो लोग उनको ढालने-तराशने का ख्वाब बुनकर लौट जाते हैं।

इतना ही क्यों, लोग पहाड़ देखकर उस पर चढ़ने का ख्वाब भी बुनते हैं। दूर से दुर्गम और दुरूह पहाड़ भी पारगम्य प्रतीत होते हैं। समीप आकर लोग और भी रास्ते तलाश करते हैं। तो फिर व्यक्ति में जितना ज्यादा पहाड़ीपन, उतना ही उसको पार करने, पारगम्य समझने की मानसिकता। जितना ज्यादा दुरूहपन, उतना ही ज्यादा जय करने की व्यग्रता। त्रिवेन्द्र के आस-पास भी ऐसी चेष्टाओं का अंबार है। कोई सीधा समझकर रस्सियों, रहस्यों में उनको उलझाए तो कोई और उनको टेढ़ा-मेढ़ा समझकर अपनी कोई टेढ़ी-मेढ़ी चाल चल दे। हद तो तब हो जाती है, जब उनकी चुप्पी को निष्क्रियता समझ लिया जाता है और उतावले पर्वतारोही अपनी कीलें ठोकने में मस्त हो जाते हैं। जिन्होंने पहाड़ नहीं देखे या इतिहास नहीं बाँचा, उनको नहीं पता कि कब सिर पर नई चेतना का हिमनद टूटकर आ गिरेगा या फिर किसी वज्रपात से ही सामना हो जाएगा।

तब भी त्रिवेन्द्र एक अभिभावक की तरह अपनी आंतरिकता में सारे संघात झेल लेते हैं। किंतु यह इतना आसान भी नहीं। बाह्य कठोरता के बिना बिल्कुल भी संभव नहीं। तो लीजिए खुरदरा, बिना घिसा हुआ पत्थर उपस्थित है। सर फोड़ लीजिए अपना, किंतु उनको डिगा नहीं सकते।

(5)

ऐसे पत्थरों, पहाड़ों का स्व. डॉ. नित्यानंद ने भव्य भौगोलिक चित्रण किया है अपनी पुस्तक 'द होली हिमालया' में। डॉ. नित्यानंद एक प्रसिद्ध भूगोलवेत्ता तथा संघ विचारक थे। 1965 में आगरा से देहरादून आकर वे हमेशा के लिए यहीं बस गए। डी.वी.एस. पी.जी. कॉलेज में बीस वर्ष तक भूगोल के प्राध्यापक रहे और आजीवन गढ़वाल में संघ का प्रचार-प्रसार करते रहे।

1985 में जब त्रिवेन्द्र देहरादून में संघ प्रचारक बनकर आए तो उनको डॉ.

नित्यानंद का स्नेहपूर्ण सान्निध्य मिला। अब तक निरुद्देश्य भटक रहे त्रिवेन्द्र को उन्होंने आत्ममार्ग के लिए प्रेरित किया और उनके भीतर छुपे पहाड़प्रेम को जाग्रत् किया।

तो क्या है असल में ये पहाड़ प्रेम ? डॉ. नित्यानंद के तईं—

प्रकृति और पहाड़ों की ओर व्यक्ति का नैसर्गिक झुकाव रहता है। प्रकृति चूँकि उसी अवचेतन गोद का विस्तार है, जिसमें हम जन्म लेते हैं। अवचेतन प्रकृति अहर्निश सक्रिय रहते हुए व्यक्ति और व्यक्तित्व का लगातार विकास करती हैं। यद्यपि शिक्षा और संस्कारों के अभ्यास से हम व्यक्तित्व को विकसित करने की सामाजिक चेष्टा में प्रयत्नशील रहते हैं। किंतु व्यक्ति का मौलिक विकास अवचेतन प्रकृति में ही होता है। प्रकृति का यही अयाचित और अबोध सान्निध्य व्यक्ति में प्रकृति-प्रेम का अपरिहार्य अंग बन जाता है।

इन दिनों हालाँकि प्रकृति-प्रेम ने एक अलग सामाजिक-राजनैतिक-व्यावसायिक विचारधारा का रूप ले लिया है। फिर भी पर्यावरण संरक्षण, साहसिक पर्यटन, पर्वतारोहण के बहाने ही सही लोग प्रकृति एवं पहाड़ों से जुड़ने तो आते हैं। प्रकृति अथवा पहाड़प्रेमी होने को अब एक घटना के प्रवाह की तरह लिया जाने लगा है। पहाड़प्रेमी होना फैशन में है। रोम बढ़ाए, सिर ढकाए, मौसम के मारे से लगने वाले झुलसे चेहरों-मोहरों वाले लोग हर जगह प्रचलन में हैं। सारा मीडिया उनको सूँघता हुआ पीछे-पीछे चलता है।

इसके विपरीत कुछ राजनीतिज्ञों, नौकरशाहों तथा बुद्धिजीवियों पर गाहे-बगाहे पहाड़विरोधी होने का लांछन लगता रहता है। उत्तराखंड में तो कुछ लोग मुखर रूप से पहाड़विरोधी रहे हैं।

फिर ऐसा क्या है पहाड़ों में कि कोई उनसे घृणा भी करे ?

व्यक्ति अपने अज्ञान और अभाव को ढककर रखता है। पहाड़ चूँकि उसी अभावग्रस्त और अचैतन्य अतीत के प्रतीक हैं तो कुछ लोग अप्रत्यक्ष रूप से तथा कुछ लोग प्रत्यक्ष रूप से भी पहाड़ों से घृणा करते हैं। पहाड़ की तरह प्रकृति के अन्य रूपों के प्रति इतनी नकारात्मकता नहीं दिखती। कई लोगों में तो पहाड़ीपने के साथ-साथ पहाड़द्वेषिता का विरोधाभाष भी कम नहीं होता।

पहाड़ प्रेम का रहस्य यही है कि व्यक्ति अपने अबूझ व्यक्तित्व से बैर रखना

बंद कर दे और अपनी विशाल अचेतन प्रकृति से जुड़ जाए। स्वयं से द्वेष रखना ही पहाड़विरोध–प्रकृतिविरोध है। डॉ. नित्यानंद की यह बात त्रिवेन्द्र ने गाँठ बाँध ली और फिर कभी अपनी चेतना में अचेतन को ढकने वाली धुंध नहीं जमने दी।

(6)

अभी हाल में ही अपने मसूरी प्रवास के दौरान प्रधानमंत्री नरेंद्र मोदी ने जब नौकरशाहों से परिकल्पनाओं–परियोजनाओं की किताबी दुनिया से बाहर निकलकर लोगों से जुड़ने का आह्वान किया तो उनका भी यही अभिप्राय रहा होगा, कहने में कोई अतिशयोक्ति न होगी। व्यक्ति और ब्रह्मांड का अधिकांश भाग अचेतन और अप्रतिबंधित है। व्यक्ति से जुड़ने का तात्पर्य है उसके अचेतन के अक्षयपात्र से जुड़ना। एक बार व्यक्ति के अचेतन से योग हो गया तो पूरे ब्रह्मांड की चेतनारहित सक्रियता की अनंत निधि से जुड़ गए।

मतलब साफ है कि प्रधानमंत्री मन के बजाय हृदय से निर्णय लेने की व्यक्ति की नैसर्गिक क्षमता को महत्त्व देने की जरूरत पर बल दे रहे हैं। व्यक्ति मन की कल्पनाशीलता और संस्कारित मानसिकता से नहीं बनता। व्यक्ति अचेतन प्रवृत्तियों तथा अनजान शारीरिक वृत्तियों का योग भर है। संस्कार और चेतना तो नाखूनों और बालों की तरह बनते और कटते रहते हैं।

□

हजार झरोखों का पेड़

(1)

जड़ता प्रकृति का केवल बाह्य स्वरूप है। अशिक्षित, अप्रशिक्षित भाग है। आंतरिक रूप से प्रकृति कण-कण में सक्रिय है। स्वचालित है। हर विद्यमान कण-प्रकण कभी भी थिर नहीं। किंतु स्थूल प्रकृति सामान्य तौर पर अचल और अपरिवर्तनशील प्रतीत होती है।

व्यक्ति अपनी इसी बाह्य जड़ता को पेड़ और पहाड़ की तरह नहीं जीना चाहता। व्यक्ति लगातार वेग और प्रवाह चाहता है, क्योंकि उसकी सक्रिय अंत:वृत्तियाँ उसे क्रियाशीलता के लिए प्रेरित करती हैं। जो कि वास्तव में संभव नहीं, क्योंकि स्थूलता की अपनी काहिली और यथास्थिति होती है। व्यक्ति के कण कण में उन्माद और तरंगशीलता है। यहाँ तक कि जिस पृथ्वी में व्यक्ति रहता है वो भी लगातार परिक्रमणरत है। जिस सौर मंडल में पृथ्वी है, वह भी और सारी आकाशगंगाएँ भी अनवरत घूम रही हैं। इसलिए सक्रियता का अभाव केवल एक प्रतीति है। भ्रम है। यानी कि भावनिर्मित इस विश्व में अभाव केवल एक आभास है। कल्पना भर है। विचारमात्र है। अभाव के यही सारे विचार व्यक्ति की चेतना को चलाते हैं और विचारधाराओं को जन्म देते हैं। जड़ता से आक्रांत व्यक्ति किसी एक विचारधारा में कूद पड़ता है। तब तक बहता रहता है, जब तक कि अपने आंतरिक प्रवाह से न जुड़ जाए।

चूँकि हर विचारधारा जीवधारा अथवा जीवविज्ञान से ही उपजी है तो हर विचारधारा में संकीर्णता और क्षेत्रीयता होती है। यहाँ तक कि मानववाद और सृष्टिवाद भी पंथवादिता से बचे हुए नहीं।

दूसरे, विचारधारा अपना विस्तार चाहती है—हर व्यक्ति तक, आखिरी व्यक्ति तक पहुँचना चाहती है, ताकि कोई विरोध में न रहे। कोई दूसरी तरफ खड़ा न मिले। विचारधारा में जीवधारा के सारे विरोधाभासी गुण मौजूद रहते हैं। इलाकावाद, संप्रदायवाद, एकछत्रवाद के साथ-साथ सहजीवन और सहअस्तित्व भी। विचारधारा व्यक्ति को बाहरी जागृति मुहैया कराती है। जब तक व्यक्ति अंतरात्मा का मार्ग न ढूँढ़ ले। जब तक कोई खुद के ही दरवाजे पर आकर न खड़ा हो जाए।

तो कहना न होगा कि व्यक्ति विचारधारा के पथ से पलायन करता है। इसे पलायन के अतिरिक्त कुछ और कहा भी नहीं जा सकता, क्योंकि विचारधारा का मार्ग प्राकृतिक न होकर मानव निर्मित है। प्राकृतिक मार्ग तो अचेतन का है, जिसे हम पीछे छोड़ते आते हैं। एक तरह से यह बाध्यता भी है। स्रोत को त्यागे बिना कोई निर्झरिणी कभी सागर तक नहीं पहुँच सकती।

(2)

किसी पौराणिक पहाड़ी नदी की तरह त्रिवेन्द्र का भी अपना स्वयंसृष्ट पलायन पथ है। उत्तर-पश्चिम का पथ। कभी उत्तर की ओर तो कभी पश्चिम दिशा में दूर तक। सतपुली-एकेश्वर-श्रीनगर-देहरादून होते हुए पश्चिमी उत्तर प्रदेश के मेरठ तक। जैसे अपने अचेतन की मीत नयार नदी के पानी का पीछा कर रहे हों। अपने किसी सहोदर और अंतरंग की भाँति त्रिवेन्द्र भी और आगे निकल गए होते, लेकिन एक पहाड़ चढ़ती नदी ने उनका रास्ता रोक लिया। आगरा में जनमे डॉ. नित्यानंद यमुना की जलधारा का स्रोत ढूँढ़ते-ढूँढ़ते गढ़वाल पहुँच गए। गंगा-यमुना मानसधारा के इन दो प्रवाहों का मिलन यमुनाघाटी में हुआ तो त्रिवेन्द्र पहाड़प्रेम की ओर मुड़ गए। या फिर अगर ये कहें कि त्रिवेन्द्र अपने ही दरवाजे पर आकर खड़े हो गए तो अतिरेक न होगा।

यहाँ यह कहना तो मुश्किल है कि त्रिवेन्द्र को कब अपने भीतर का दरवाजा खुला मिल गया और इस तरह वे बाहर-भीतर के द्वंद्व से हमेशा के लिए मुक्त हो गए। किंतु एक जलजला ऐसा जरूर आया, जिसने त्रिवेन्द्र की विचारधाराग्रस्त जड़ता और जड़ताग्रस्त चेतना को हमेशा के लिए हिलाकर रख

दिया। अवचेतन के मार्ग में बाह्य चेतना ने जितनी भी शिलाएँ अवरुद्ध कर रखी थीं, सब पातालगामी हो गईं। 1991 के इस उत्तरकाशी भूकंप ने त्रिवेन्द्र के पैर हमेशा के लिए गढ़वाल में गाड़ दिए।

त्रिवेन्द्र को अपने जीवन की अस्थिरता को गहरे धरातल से जोड़ने की प्रेरणा इसी भूकंप से प्राप्त हुई। या फिर यह कह सकते हैं कि जलजले से क्षत-विक्षत उत्तरकाशी में भवनों का निर्माण कराते-कराते त्रिवेन्द्र को जीवन में बाहरी अस्थिरता और आंतरिक दृढ़ता के पहली बार दर्शन हुए। यह अनुभव विचारधारा के अनुभव के एकदम उलट था, जिसमें बाहरी जड़ता आंतरिक सक्रियता-सचेतना पर हमेशा हावी रहती है।

उत्तरकाशी भूकंप बहुत विनाशकारी था। इस भूकंप में आठ सौ से अधिक लोग मारे गए, हजारों परिवार बेघर हो गए और लगभग तीन लाख लोग इस भूकंप से सीधे प्रभावित माने गए। त्रिवेन्द्र ने इस दौरान राहत और बचाव कार्यों में संघ की ओर से भाग लिया और विभिन्न पत्र-पत्रिकाओं के लिए भूचाल से हुए जान-माल के नुकसान की सीधी रिपोर्टिंग भी की। इस प्रवास के दौरान त्रिवेन्द्र ने जो कुछ भी अपनी आँखों से देखा और अनुभव किया, वह केवल मलवे का ढेर या खँडहरों का अंबार नहीं था। केवल अँधेरा, अवसाद और अनिश्चितताओं का मरघट नहीं था, बल्कि प्रकाश का समारोह भी था। प्रकाश भी केवल बाहरी प्रकाश नहीं था, जो मानवता के हाथों में जलती मशालों और राहत कार्यों से चमक रहा हो। वह प्रकाश भी प्रकट हुआ, जो जमीन में दरारें पड़ने से जाहिर होता है। आदमी का घर टूटने पर बने नए झरोखों से गोचर होता है। किसी जिंदा इनसान के मलवे में दब जाने के बाद फिर से हिलती हुई जमीन में नजर आता है। उसी दरकी हुई छिन्न-भिन्न, जीर्ण-शीर्ण जमीन पर ही लोगों ने पुनः बसने की इच्छाशक्ति दिखाई तो त्रिवेन्द्र का अंतर्मन जैसे मुसकरा उठा। त्रिवेन्द्र को वह रोशनी मिल गई थी, जिसकी उनको बचपन से तलाश थी।

पहाड़ की अनंत आंतरिकता के दर्शन हो गए तो वे हमेशा के लिए पहाड़ से जुड़ गए। या फिर अगर ये कहें कि वे अपने भीतरी सफर से अनायास ही जुड़ गए तो गलत न होगा। पहली बार त्रिवेन्द्र को एहसास हुआ कि शांत

और नीरव दिखने वाले पहाड़ असल में अपने भीतर अचेतन उद्वेग का संसार समाए हुए हैं।

मन के दरवाजे खुल गए तो फिर क्या संसार, क्या परिवार! मन का अभाव वास्तविक जगत् के भाव से जुड़ गया तो त्रिवेन्द्र भययुक्त हो गए। सारी आतुरता, सारा अधैर्य केंचुली और मैल की तरह उतार फेंका। कलेवर बदला, तेवर बदला और खुद को हमेशा के लिए सामाजिक सरोकारों में झोंक दिया। इस प्रकार से एक समर्पित दार्शनिक-राजनेता का अवतरण हुआ।

(3)

पहले व्यक्ति स्वयं से जुड़ना चाहता है, फिर समग्र विश्व से। किंतु अस्तित्व में आनेवाली हर चीज बाहर की ओर ही उन्मुख रहती है। यही अस्तित्व की बाध्यता है। यही पात्रता भी है। होना असल में खुद से बाहर होना ही है। अस्तित्व की यही शर्त ही भटकाव पैदा करती है। जो भी खुद से बाहर होकर अस्तित्व में आता है, फिर खुद से मिल नहीं पाता। खुद को खोजता ही रह जाता है। क्योंकि खुद तक पहुँचने का कोई वास्तविक मार्ग हो भी तो कैसे! केवल ख्याली दर्रा, दरवाजा ही संभव है। क्योंकि आंतरिक सत्ता को नुकसान पहुँचाए बिना अंतर में खुलने वाली फाँक सिर्फ काल्पनिक ही हो सकती है।

'मन' उसी दरवाजे को कहते हैं, जो बाहरी चेतन सत्ता और आंतरिक अवचेतन के बीच खुलता है। मन या मानस जाने हुए और न जाने हुए के बीच का तंग दर्रा है, जो ज्यादातर वक्त अजानता की बर्फ से पटा रहता है। मन के इसी दरवाजे को खोलने के लिए प्राचीन लोग तप का ताप झेलते आए हैं। मन का यह द्वार बाहरी झटकों, जलजलों से या फिर भीतर से फूटकर आती भावना के अंधे वेग से खुलता है। इसीलिए बर्फ से ढका आलूबुखारा का नंगा पेड़ किसी सुबह अचानक खुशबू बिखेरने लगे तो पता चलता है कि वह बर्फ न होकर रातोरात खिल उठे फूलों का ज्वार है। ऐसे अचंभों से पहाड़ों का सामना होता रहता है।

जलजला जो कि मलवे के एक अँधेरे और डरावने दरख्त की तरह रास्ता रोके पसरा पड़ा था अचानक ही हजार झरोंखों के चमकदार पेड़ में बदल गया। झरोंखों से झरोंखे जुड़ते गए और नयार घाटी की नीरवता को भेदकर सुदूर के

अजनबी तारों की संद में मिल गए। ये वही नक्षत्र थे, जो खैरासैंण के अँधेरे और गहरे आसमान में खिलते हुए त्रिवेन्द्र के निष्कलंक बालमन को सुरभित करते आए थे।

(4)

त्रिवेन्द्र खुद से पूरी तरह से जुड़े व्यक्ति हैं। किंतु जीवनधारा के लगातार प्रवाह के रहते यह किस प्रकार संभव है? शायद वैसे ही जैसे बाढ़ की नदी के बीचोबीच कोई शिला सीधी खड़ी हो! बसने, फैलने, छाने के बजाय अपने भीतर ही भीतर बढ़ने और ऊँचा उठने की लगन। पेड़ के तने की तरह। जीवन में जलप्रलय और जलजले आते गए और संघ की नाव में खड़े त्रिवेन्द्र पत्थर का अपना शिवलिंग तराशते गए।

खुद से जुड़ना किसी पहाड़ में जिंदा गड़ने सरीखा है। पहाड़ अचेतन का ऊर्जावान मूर्तरूप है। यानी कि अजानता का सक्रिय शिखर। खुद को अपने अचेतन के हवाले कर देना मृत्यु की गोद में जा बैठना है। गूढ़ अचेतन में गुम हो जाना है। गूढ़ अचेतन जो कि अपनी आत्मसत्ता अथवा आत्मा है। अचेतन रूपी यही मृत्यु ही जीवन की एकमात्र गोद है। चेतना न कोई दर है, न दरवाजा। चेतना तो बाहरी चौपाल है, जिसके ऊपर साये मँडराते हैं।

अपने अचेतन अंतर से जुड़ा होने का मतलब है, उस दरवाजे पर खड़ा रहना, जो सृष्टि भर के अवचेतन का मार्ग है। त्रिवेन्द्र इसीलिए चेतना को मैल की तरह मसल देते हैं। चींटी की तरह झटक देते हैं। अखबार की तरह पटक देते हैं। बेवक्त दरवाजे पर खट-खट की तरह अनसुना कर देते हैं। जब तक अंदर से हलचल न हो किसी भी खबर की कोई खबर नहीं। दरवाजा खुलेगा तो घर के भीतर से ही। कोई भी और तरीका नहीं। अवचेतन की यह प्रधानता और विशाल निधि ही त्रिवेन्द्र का चारित्रिक त्रिनेत्र है। सबसे बड़ी पूँजी है। सबसे बड़ा आकर्षण है। इसी महकते मधु भंडार के चारों ओर अवसरवादी मक्खियाँ अपनी अपनी चेतना-वीणा का राग अलापती हैं। इसीलिए खुद को ज्यादा विलक्षण और चतुर राग-दरबारी समझने वाले लोगों की त्रिवेन्द्र के आस-पास कोई कमी नहीं।

(5)

पहाड़ प्रज्ञा की प्रक्षेपण स्थली हैं। इसलिए पहाड़ प्रतीक्षालय की तरह जड़ हैं। नींद की तरह थोड़े वक्त के सामयिक बसेरे हैं। जैसे ही पंख खुल गए, चिड़ियाँ आकाशमग्न हो गई। आकाश यानी हर किसी का हर जगह विद्यमान, गहरा और अशेष अचेतन। जो अपने इस आकाश से जुड़ गया, वह फिर अनंत की यात्रा में उड़ गया। फिर वह पहाड़ के घोंसले में नहीं अँटाता। उसे सारा आकाश चाहिए।

बाह्य चेतना एक निष्प्राण आवरण है। बेजान मुखौटा है। जैसे सिर के बाल या पेड़ की छाल। जो गोते खा सके, वह सतह पर क्यों रहे? जो दारू बनकर ऊपर चढ़ सके, वह जड़ में क्यों टिके? सतह पर तो मरा ही उतरेगा या फिर कुशल तैराक ही साँस भरेगा।

चेतना कोई स्वत:चेतना नहीं होती। जैसा कि आम तौर पर लोग सोचते हैं। मस्तिष्क विचारों को स्वत: नहीं जन्म दे सकता। जन्म के लिए द्वार चाहिए। इंद्रियों का द्वार, वही द्वार, जिनसे होकर मस्तिष्क बाह्य संवेदना ग्रहण करता है।

मन जो कि विचारों का आकाश है, स्वत: नहीं बन जाता। मन मस्तिष्क की क्रियाशीलता का ही नाम है, न कि कोई वास्तविक वस्तु। वास्तविक चेतना शारीरिक अथवा भाव की चेतना है। काल्पनिक चेतना आभासी और अभाव की अनुभूति भर है।

मन यदि वास्तविक नहीं तो मन का अस्तित्व कैसे? मन यदि भाव नहीं, सार नहीं तो फिर सक्रिय कैसे? असल में मन एक दरार की तरह है, जो दूर का प्रकाश सामने प्रकट करता है। मन अभाव की सारहीन सत्ता है। किंतु अभाव और अनुपलब्धता में अंतर है। जो अभाव है, वो न उपलब्ध हो सकता है, न ही अनुपलब्ध। उपलब्धता-अनुपलब्धता तो भाव के ही गुणधर्म हैं। मन अभाव की काल्पनिक सत्ता है, क्योंकि अभाव तो कुछ हो ही नहीं सकता, जो कि अनुपलब्धता से पैदा होता है। प्यास लगने पर पशु भी पानी की तलाश में भटकता है और अपनी सहजवृत्ति से स्रोत तक पहुँच जाता है। पशु के पास मन की सत्ता नहीं होती, किंतु अंतर्ज्ञान होता है। मनुष्य के पास मन का दर्रा होता है, जो कि अभाव की कल्पना ही है। अनुपलब्धता से उपजी अभाव की

मनगढंत चेतना। अभाव के मन का यही दर्रा जब मसाल की तरह जलता है तो भाव की ओर रास्ता खुल जाता है। अनुपलब्ध वह है, जो पास में नहीं किंतु कहीं दूर अवश्य है। इसी धरातल या रिक्ति को पाटने के लिए अभाव की राजनीति शुरू होती है।

त्रिवेन्द्र किंतु संभाव्य की राजनीति में यकीन रखते हैं। भाव तक पहुँचने की भावना में जीते हैं। राजनीति में यह आश्चर्यजनक सत्य अटपटा लग सकता है। किंतु योग से दिनचर्या शुरू करनेवाले त्रिवेन्द्र योग-संयोग में ही विश्वास करते हैं। पानी प्यासे तक पहुँचे और प्यासे की भटकन खत्म हो। भाव अनुपलब्धता का अवकाश तय करे और अभाव की मानसिकता खत्म हो। विकास का मतलब मील के पत्थर खड़े कर देना भर नहीं है। विकास बाह्य संयोजन तो है ही नहीं। विकास संपर्क और जोड़ की भूमिगत कड़ी है। विकास आंतरिक समास, मेल और संधि है। व्यक्ति पूरे ब्रह्मांड के भाव से जुड़ जाए तो फिर अभाव कैसा? बाहरी संयोजन तो केवल मलवे के ढेर हैं। आज एक तरह से तो कल दूसरी तरह से।

बाजारवाद और भूमंडलीकरण के इस दौर में, जब दुनिया वस्तुओं से सजा एक बाजार भर है तो अभाव की राजनीति के बिना राजनीति करना क्या संभव भी है? कुछ भी कहीं है तो वह हर जगह होना चाहिए। नहीं तो सियासी बराबरी कैसी? वास्तविक जरूरतों को तो भुला ही दिया गया है। कमियों और अभाव को ही स्मृतिपटल पर बसाया-भुनाया जाता है। प्यासे को और प्यासा बनाने वाली सियासी विचारधाराओं से दुनिया भर के किताबघर पटे पड़े हैं। कल्पना को विश्वास और हकीकत में बदलने के राजनैतिक कारखाने स्वपोषित सुदूर गाँवों में भी खुल गए हैं। आज हर व्यक्ति राजनीतिकार या पॉलिटिकर है, क्योंकि अभावात्मक कल्पना के बाजार की पहुँच हर किसी तक है। ऐसे में अभावक के अनस्तित्व के बारे में कोई राजनैतिक चर्चा करना आसान नहीं। क्योंकि भाव की भावना को पूरी तरह से नजरअंदाज कर दिया गया है। जो है वह तो कुछ है ही नहीं। राजकाज में न राजसत्ता न राजस्व। जो नहीं है, वही सबकुछ है—राज्यकर भी, राजकोष भी। भावक भी, भावनीय भी। अभाव की राजनीति भाव की सच्चाई पर न केवल पूरी तरह से हावी है, बल्कि अभाव को

ही भावता और भावार्थ मान लिया गया है। मानव संस्कृति की यह बड़ी चूक है। भाव से ही भविष्य के निर्माण का दर्शन राजनीति को अपनाना ही होगा।

खुद से जुड़ा व्यक्ति भाव की भावदशा अपना सकता है। देश और समाज से जुड़ा हुआ नेता भाव की भावी राजनीति कर सकता है। कृषि पर त्रिवेन्द्र का जोर इसी भाव्य राजनीति का ही उदाहरण है। क्योंकि जमीन अपने आप में भाव और उपलब्धता दोनों है। किंतु पहाड़ों में आधारभूत कृषि संसाधनों का नितांत अभाव है। सिंचित भूमि 10 प्रतिशत से भी कम है। फलस्वरूप पहाड़ी क्षेत्रो में पैदावार निम्नतम है। 75 प्रतिशत से भी अधिक आबादी कृषि पर निर्भर होने के बावजूद कुल सकल घरेलू उत्पाद का केवल 22 प्रतिशत हिस्सा ही कृषि से प्राप्त होता है। ऐसे में आधारभूत विकास की जरूरत है। वह भी हवाई नहीं भूमिगत। जमीन के ही नीचे-नीचे, ताकि कमी के बजाय नमी बनी रहे।

(6)

जनतंत्र एक संगठित, संयोजित जैविक जंगल है। जहाँ उगने की जमीन तो बिनमाँगे मिल जाती है, मगर बढ़ने, चढ़ने और धूप पाने के लिए संघर्ष करना पड़ता है। बढ़ता वही है, जो चढ़ता है। चढ़ने का मतलब है जीवन का ऊपर की ओर प्रवाह। जीवन का मतलब है पानी। पानी जितना ऊपर चढ़ता है, जीवन उतना ऊपर उठता है। ऐसे में कहना न होगा कि जो सबसे ऊँचा होता है, उसी के पास उच्चतम 'प्राणाशय' होता है। वही शक्ति अथवा सूरज के भी सबसे करीब होता है।

अस्तित्व किंतु बराबरी की सत्ता है। बराबरी का मतलब है कि हर अस्तित्व अपने आप है, दूसरे पर निर्भर नहीं। यानी कि कोई भी कण किसी दूसरे कण के कारण अथवा हेतु नहीं है। जो निर्भरता दिखती है, वह असल में परस्परता है। एक का दूसरे की ओर प्रवाह और जुड़ाव है। अस्तित्व की इस सच्चाई को किंतु मनुष्य नहीं स्वीकारता। वह बाहरी बराबरी चाहता है। हर पेड़ को बराबर पानी और बराबर धूप। हर आदमी को बराबर ताकत और अधिकार। हर किसी की युक्ति और मुक्ति। यही सैद्धांतिक कल्पनावादी जनतंत्र है।

तो फिर क्या सूरज धरातल से उगे और सबसे बौने पौधे को सबसे पहले

हरा-भरा करें? क्या राजनीति में शिरासन के अलावा और कोई योग आसन संभव नहीं? उसी तरह क्या सारे पानी का प्रबंधन आसमान किया करे और सभी क्षेत्रीय स्रोत सुखा दिए जाएँ? कइयों को तो यह एहसास भी नहीं होगा कि आसमानी या सियासी बारिश के नाम पर करदाता का कितना धन पत्थरों-प्रतिमाओं को धोने में ही खर्च हो जाता है! जनवाद, जनहित जन-सशक्तीकरण को धरातल पर उतारने के नाम पर कितने दुर्लभ जनसंसाधनों का विनाश होता है! जनता का, जनता के लिए, जनता के द्वारा की धारणा लोकसम्मत बंदरबाँट तक तो ठीक है, किंतु बहुमूल्य प्रकृति के अंधाधुंध दोहन और विध्वंस के बिना यह कब तक संभव है?

जो है, वह बराबरी है। जो नहीं है, वह भी बराबरी है। मतलब की बराबरी का अभाव है। जबकि बराबरी ही केवल भाव है। तो फिर गैर-बराबरी की मानसिकता का जन्म कैसे होता है? संघर्ष इसके लिए जिम्मेदार नहीं। संघर्ष तो प्राकृतिक है। जीवन के तीव्र तुंग तक संवेदना पहुँचाने का उपाय है। तो फिर क्या पेड़ों की तरह आदमी का सीधा खड़ा होना इसके लिए जिम्मेदार है? आदमी चौपाया ही होता तो अभाव न होता? आदमी सीधा खड़ा न होता तो गैर-बराबरी न होती? यदि आदमी की सीधाई, सिद्धाई के कारण असमानता उत्पन्न हुई भी तो क्या असमानता को ही भाव मान लेना सही दर्शन न होता?

अभाव सिर्फ और सिर्फ मानव संस्कृति का हिस्सा है। प्रकृति तो भाव-ही-भाव है। अतिभाव है। इतना भावाधिक्य, जो अपने आप में समाता नहीं। आसमान फैल रहे हैं। निर्झर छलक रहे हैं। सागर उमड़ रहे हैं। जंगल महक रहे हैं। सिर्फ भाव दर भाव से।

समंदर किनारे प्यास लगे तो पानी का अभाव है। अब पीने का पानी तो सोते से ही आएगा। खरा खारा तो पिया नहीं जाएगा। यह कोई अभाव नहीं अनुपलब्धता है। अंतरिक्ष यात्री भी पानी पीता है। राजनीतिक तंत्र का काम पानी पहुँचाना है, न कि मरीचिकाओं की रेत बोना। रेत से पानी पैदा करना वैज्ञानिक के लिए तो ठीक है, किंतु राजनीतिज्ञ का पहला काम उपलब्ध पानी का सही वितरण है। कल्पकथा-गल्पकथा की सियासत बहुत खर्चीली है। फंतासी के आसमान का तो कुछ नहीं बिगड़ना, क्योंकि उसका बोझ तो जमीन को ही झेलना है।

उत्सवी और ख्याली राजनीति के इस दौर में त्रिवेन्द्र क्या कम खर्च के अपने अर्थशास्त्रीय राजकाज को अगले दौर तक पहुँचा पाएँगे? उत्तराखंड के तमाम सियासी ख्वाबगाहों और काँच-से-काँच टकराने वाली महफिलों में अँधेरा छाया पड़ा है। यह तो तय है कि त्रिवेन्द्र बिछी हुई चादर को ही आधा ओढ़कर रात गुजार देंगे। मगर बेमतलब के किसी सियासी मुशायरे में नींद खराब नहीं करेंगे।

□

त्रिवेन्द्र-तीरे, त्रिवेन्द्र-नीरे

(1)

लंबी कद-काठी, गेहुँआ रंग, चेहरे पर पहाड़ी छाया, धूसरी केशकाया। रँगाई-पुताई की पॉलिटिक्स के इस दौर में त्रिवेन्द्र प्राकृत छवि को ही 'निखरी छवि' और 'अपनी छाप' बनाकर चलते हैं। पहाड़ के लोगों को यह छवि 'अपनी शोभा' लग सकती। किंतु त्रिवेन्द्र को कहाँ परवाह है। 'छवि' में जीना उनकी फितरत नहीं। प्रतिदिन की शोभायात्रा उनके बस में नहीं। उन्हें असली शोख जीवन ही जीना है। सवेरे-सवेरे शोभन के बजाय शोधन करना है। दीवारों पर टँगना-उतरना चलता रहता है। राजनीतिक 'अमरता' और महानता के कोई ख्वाब दूर-दूर तक उनके जहन में नजर नहीं आते। उनको वह पत्थर नहीं बनना, जो चोटी पर चढ़कर देवता कहलाते हैं। उनको घाटी का वही साँवला, सेवार वाला पत्थर बने रहना है, जिसके पीछे चेतना की एक नन्ही सी धारा नीरव बहती रहे।

पहाड़ में ठंड बढ़ने के साथ-साथ पहाड़ी टोपी से सिर ढकते नजर आने लगे हैं। हिमालय की बनावट की नकल पहाड़ी टोपी अपने अंडाकार मंडल में खड़ी चढ़ाई के भीतर एक गहरी घाटी को छुपाए हुए है। पहाड़ी टोपी का यही मर्म है। आंतरिक उष्णता और रक्त संचार को बनाए रखने के लिए। इससे कम के संरक्षणवाद में पहाड़ में खोपड़ी सन्न रह जानेवाली है। शिखर पर तो सौ दफा।

आज त्रिवेन्द्र शीर्ष पर जरूर हैं, मगर उन्होंने मन की वह गहरी अचेतन घाटी नहीं छोड़ी है, जो उनको विरासत में मिली है। यकीन न हो तो उनको

किसी को पुकारते हुए सुन लीजिए। आवाज इतनी दूर और गहरे से आती है कि वह पास ही खड़े हैं, ऐसा यकीन करना मुश्किल है।

उनका समूचा व्यक्तित्व ही किसी पहाड़ी धारा के किनारों की तरह निखरा-बिखरा हुआ है। त्रिवेन्द्र खुद को पूरी तरह समेटकर नहीं चलते। क्योंकि बड़ी धारा बनने की कोई व्यग्रता नहीं। सागर तक पहुँचने की कोई अधीरता नहीं। अपनी ही मंद, मृदु, शीतल, तरल गुनगुनाहट में वे झराझर चलते जाते हैं। उनको बाँध बनाने की सोचने वाले भी किनारे पर खड़े हैं। अपनी सीमाओं, शक्तियों के प्रति उनकी उदासीनता और निर्लिप्तता के चलते। उनका नहरीकरण-सुनहरीकरण चाहने वाले भी पीछे ही रह जानेवाले हैं।

आप यहीं पर उनकी गुनगुनाहट की गूँज, झरझराहट की झाँय-झाँय सुनते रहिए जनाब! त्रिवेन्द्र तो काफी आगे तक बह चुके हैं। दौड़कर पकड़ लीजिए, क्योंकि कब प्रपात बन जाएँ, पता नहीं। पहाड़ में कितनी भी पतली धारा हो—आप उसे 'चला' नहीं सकते। रास्ते के मूर्तिमत्त पत्थर मत बनिए जनाब! अपने पाषाणलेख हटाइए। नहीं तो फिर वहीं खड़े-पड़े रहिए संगतराश बनकर। त्रिवेन्द्र तो पिच्छिल पहाड़ी पानी की तरह आगे निकल ही जाएँगे। भीतर ही भीतर किसी झील की तरह अपनी ऊँचाई तक पहुँच ही जाएँगे।

जहाँ तक जमाव की प्रवृत्ति का सवाल है, वह किसी व्यक्तिगत लाभ की नीयत नहीं। थोड़े-बहुत ठहराव के घाव हर पहाड़ी नदी में होते हैं। वे आईने हैं। रुकाव का अभिप्राय खुद के लिए रिआयत नहीं। पहाड़ी शून्यवाद है। ऊँचाई की उदासी है।

(2)

इस प्रदेश में रात भर जागने वाले सी.एम. भी रहे हैं और दिन में ही किसी गली में गुम हो जानेवाले सत्ता के सूरज भी।

जनरल भी यहाँ आए। उनकी टाइमिंग लाजबाव हो न हो, समय के वे इतने पाबंद थे कि उनके राज में सारे मंत्री-संतरी सिर्फ समय नापने की मशीन बनकर रह गए थे।

किंतु त्रिवेन्द्र के पास फिलहाल तो अपरिमित समय है। न उनको नींद

खराब करने की जरूरत है। न कोई टाइमर गले में बाँधकर चलने की। अधैर्य और समयाभाव गुलाम मानसिकता के द्योतक हैं।

तो फिर क्या त्रिवेन्द्र हिमालय की तरह जम गए हैं? त्रिवेन्द्र क्या चल नहीं रहे? चल नहीं पा रहे? या फिर किसी की नहीं चल रही है?

सियासत में चलाने का पुराना चलन है। और चलाने का अर्थ साफ है। क्या चलता है, वो भी किसी से छुपा नहीं है। 'सी.एम. नहीं चल रहे' कहने का एक ही मतलब है—हमारे कहने पर नहीं चल रहे। हमारे हिसाब से नहीं चला रहे।

चलाने के अपने-अपने टोटके भी होते हैं। तंतर-मंतर भी चलते हैं। पहले से खून सूँघकर आए विश्वासपात्र खून सुँघाकर चलाते हैं। तो केचित् ऐसे भी हैं, जो शाक-पात और धूप दिखाकर ही चलाते-फिराते हैं।

पूर्ववर्ती सी.एम. हर किसी के साथ चल गए। चलते गए। मगर आखिर में नहीं चले। चलता कर दिए गए। ये जनता भी गजब है। चला-चलाकर सिक्के को इतना घिस देती है कि वो फिर धातु के भाव तक नहीं बिकता।

मगर त्रिवेन्द्र सिक्के की तरह चलने, घिसने को तैयार नहीं। न ही वे कोई खोटा सिक्का हैं कि चलें ही नहीं। अब असल में वे खुद ही घिस-घिसकर चला रहे हैं तो बाकियों को लग रहा है कि हम किस बात की तनख्वाह खा रहे हैं या पद सँभाल रहे हैं!

मीडिया को लगता है कि उसके पास वह जादुई स्याही है, जो खोटे सिक्के का भी चेहरा बदलकर उसको नए की तरह चला सकती है। पूरी तरह से घिस चुके सिक्के में भी नक्काशी करके मूल्य उभार सकती है।

किंतु त्रिवेन्द्र ने खुद को इतना घिस लिया है कि वे पारदर्शी चलनी हो गए हैं। चलमुद्रा न होकर डिजिटल हो गए हैं। अब वे चलाचली वाले सी.एम. नहीं रहे। मीडिया को साँप सूँघ गया है। उड़कर काँव-काँव करे भी तो अपनी कोरी चलानी को किधर चलाए?

तो क्या अब मीडिया खून से लिखेगा? किंतु त्रिवेन्द्र की सियासत में मुफ्त की बकरीद कभी नहीं आनेवाली। न ही वे खुद झुरझुरी खाकर हलाल होने वाले हैं।

त्रिवेन्द्र किसी भी तरह से बँधने वालों में से नहीं हैं। नदी के नाम से ही बाँध का ख्वाब बुनने वाले कागज-कलम के जादूगरों को सावधान रहना होगा। पहाड़ में हर जगह बाँध नहीं बन सकते। बाँध बनाने के बजाय क्यों न वेग को ही तीव्र कर दिया जाय? पर त्रिवेन्द्र ने बाढ़ वाली नदी के वेग से चलने से इनकार कर दिया है। उन्हें किसी मौसमी पद की परवाह नहीं। स्वच्छ चेतनाधारा ही निजता है। जो खुद के ग्रहण योग्य नहीं, वह अन्य किसी के उपभोग का हिस्सा कैसे हो?

पहाड़ी नदी को दूर से देखो तो बड़े-बड़े कंकड़-पत्थर नजर आते हैं। मगर प्रवाह गोचर नहीं होता। पहाड़ी मूढ़ता की धारणा पैदा करने में इन बड़े-बड़े अशिष्ट पत्थरों का बहुत योगदान है। मैदानों में चमकती रेत के झलाझल किनारे होते हैं, जो प्रवाह का भ्रम पैदा करते हैं। इसीलिए मैदानी मानसिकता में पहाड़ प्रखरता और प्रवाह के कतई प्रतीक नहीं। जड़ता की ईमानदार अभिव्यक्ति भर हैं। पथरीली, ऊबड़-खाबड़ और दुर्गम इन नदिकाओं को कभी मुख्यधारा का हिस्सा नहीं समझा जाता। एवमस्तु! उत्तराखंड बनने के सत्रह साल बाद भी राजधानी देहरादून में 'पहाड़ी' शब्द आज भी एक आम गाली है। और 'पहाड़' झुरझुरी का दूसरा नाम। पहाड़ शब्द सुनकर आनेवाला यह बुखार असल में गलतफहमी का लगातार संक्रमण है। मैदानों में हो रहे अविरल अंतर-पलायन ने छुआछूत की इस बीमारी को और हवा दे दी है। मैदान के नाम से ही पिघलकर बहने को तैयार पहाड़ियों का खून भी मगर कम जमा हुआ नहीं है। मिलान करे बिना विकास की उष्ण नदी में उतरने पर फफोले तो पड़ेंगे ही।

(3)

राजनेता का मनोविज्ञान समझे बिना नौकरशाह विकास को कागजों से उठाकर धरातल पर कैसे उतारेंगे? जब बाजार जरूरतों पर हावी हो तो अभाव अथवा कमी की सियासत खुद ही औचित्य बन जाती है। ऐसे में सिर्फ बजट को ठिकाने लगाने पर जोर रहता है न कि बजट की अर्थशास्त्रीय मितव्ययता पर। प्रशासनिक प्रणाली को लगता है कि कागज अथवा सैद्धांतिक नियम सर्वोपरि हैं। किंतु ऐसा है नहीं। कागज को फाड़कर फिर से तैयार किया जा सकता

है, किंतु विकास को रातोरात बिना विध्वंस के बदलना संभव नहीं। इसलिए विकास का आधार धरातल होना चाहिए, न कि कागज या परिकल्पना, ताकि जनता की गाढ़ी कमाई का दुरुपयोग न हो।

सियासी पार्टियाँ सिद्धांतवादी राजनीति का दंभ भरती हैं। किंतु सिद्धांतों-संकल्पनाओं की असलियत कागज के इतर और क्या है? थ्योरी की हकीकत स्याही के कालेपन से अधिक और क्या है? सिद्धांतों में स्थायित्व की मानसिकता के अतिरिक्त कुछ भी नहीं होता। ठहराव, रहाव, टिकाव की सोच के अलावा कोई बहाव-प्रवाह नहीं होता। प्रवाह की धारा तो भगीरथ-प्रयास के वास्तविक राजनेता ही ला सकते हैं। भले ही 'जन का, जन के लिए' के सामाजिक दर्शन का सियासी बंदरबाँट में ही अधिक उपयोग हुआ हो, तो भी इसके अलावा अन्य कोई फलसफा अभी मौजूद नहीं है। जन ही सर्वोपरि है। क्योंकि जन ही वह अचेतन ऊतक है, जिससे सक्रिय व्यक्ति अथवा अगुआ राजनेता का जन्म होता है।

अतिसक्रिय और शक्तिशाली राजनेताओं पर व्यक्तिवादी-नृशंसतावादी कठोर राजनीति के आरोप लगते रहे हैं। श्रीमती इंदिरा गांधी के बाद नरेंद्र मोदी इस कड़ी में दूसरा नाम हैं। मगर राजनीति व्यक्तियों की है तो व्यक्तिवादी होगी ही। कागज तो शासन नहीं कर सकते! कंप्यूटर तो कानून नहीं बना सकते! संकल्पनाएँ तो जन-सरोकारों को नहीं ढो सकती! सिद्धांत केवल सूखे नदीतल की तरह होते हैं। बारिश के पानी को रास्ता देने के लिए। स्रोत वाली नदी अपना रास्ता और सेज खुद बनाती है।

व्यक्तियों को सिद्धांत रोकते तो निरंकुश तानाशाह क्यों जन्म लेते? मौसमी बाढ़ के सैलाब की तरह तानाशाह भी सिद्धांतों की सेज और कानून के किनारों की धज्जियाँ उड़ाते चलते हैं। इस व्यक्तिपरक राजनीति को तानाशाही में बदलने से रोकने के लिए ही मजबूत विपक्षी राजनीति की जरूरत होती है न कि और अधिक सिद्धांतों, कानूनों और कागजों के ढेर की। कमजोर विपक्षी राजनीति जनतंत्र के तराजू में इतनी ऊपरी और छिछली हो जाती है कि अगंभीर और ओछी लगने लगती है। जैसे कि अरविंद केजरीवाल की खाँसीयुक्त, प्रतिक्रियात्मक राजनीति धीरे-धीरे गले से लिपटी, सतही, मफलरी और दमघोंटू सियासत में बदल गई।

अब विपक्ष में क्या है? विरोध में क्या रखा है? विपक्ष का काम दार्शनिक

का काम है। जब सत्तापक्ष मरीचिकाओं की रेत बोने लगे तो खरे बीजों की खेती ही विपक्ष का काम है। जब सत्ता में सही की सियासत चरम पर हो तो 'सही' के मुखौटे के पीछे छुपाए गए गलत को उजागर करना ही विपक्ष का काम है। किंतु इसे राजनीति की विडंबना कहें या फिर लोकतंत्र का दुर्भाग्य—विपक्ष खुद ही सही के मुखौटे की छीना-झपटी में अपना सारा जोश खो बैठता है। ऐसा इसलिए भी होता है कि विपक्ष का सारा ध्यान मुखौटों की सत्ता हासिल करने पर ही केंद्रित रहता है, सत्ता के संतुलन में नहीं। जबकि विपक्ष गौण न होकर सत्ता-संतुलन का साझेदार है। सत्तापक्ष की अभाव की सियासत को भाव की सोच से बराबर करनेवाला तराजू का पलड़ा है। केवल बाहरी विपक्ष ही नहीं सत्ता में आंतरिक विपक्ष भी कम जरूरी नहीं। नदी को नियमित करनेवाले बाहरी किनारे तो अपरिहार्य हैं ही। नदी अपने पथ में पत्थरों की सेज न रखे तो भी पातालगामी हो जाएगी।

त्रिवेन्द्र की चेतनाधारा में जन्मजात बड़ी-बड़ी शिलाएँ हैं। त्रिवेन्द्र इसलिए उद्दाम होने से नहीं डरते। उनके पास अपना कोई मुखौटा नहीं, मफलर नहीं। पद के मुखौटे में प्राणायाम करने के लिए मौजूद दोषों अथवा झिरियों का लगातार प्रयोग करना वे नहीं भूलते। जब दम ही नहीं घुटता तो फिर नृशंसता किधर से जन्म ले?

किंतु फाइलों में कोई सुराख नहीं रखनेवाले लोकसेवकों का दम तो अवश्य घुटता होगा। लाल फीते की लालफीताशाही उसी दमघोंटू संकट की ओर इशारा करती है। तो फिर क्या सिद्धांतों के संचालक नौकरशाह ही हाँफती निरंकुशता को जन्म देते हैं?

सियासत में जब साँस लेने की फुर्सत नहीं होती तो दम और भी ज्यादा घुटता है। इससे जो 'कमी' पैदा होती है, वही 'अभाव' की सियासी सोच का पोषण करती है। उत्तराखंड सचिवालय इससे पहले देर रात तक सजग जगमग रहने के लिए जाना जाता था। अब दिन में भी लोग साँस ले रहे हैं तो नाक चलाने वाले कह रहे हैं कि सारे सो रहे हैं। सियासी-शासकीय प्राणायाम में 'रेचक' शुरू हो गया है। यह रोचक है। अगर चलता रहा तो जनतंत्र में प्राण फूँकने के काम आएगा।

किंतु क्या नित नए 'कुंभकों' का आविष्कार करते रहनेवाली धर्मसत्ता-विज्ञानसत्ता के रहते राजनीति में कभी पूर्ण रेचक संभव भी हो पाएगा?

नई-नई संकल्पनाओं के साँपों को पालने वाले सियासी जादूगरों के रहते क्या सत्ता का कंठ कभी वासुकियों से मुक्त हो पाएगा?

तो फिर नई राजनीति का बे-सुराख बाँस बजाकर अपना गला खराब करनेवाले अरविंद केजरीवाल ने मफलर क्यों लपेटा? राजनेता गले के चारों ओर कोई ग्रीवापट्ट या दुशाला क्यों पहनते हैं?

मस्तिष्क की ओर रक्तप्रवाह रोककर उसकी कमी महसूस करने के लिए, जो कि गला घोंटे बिना संभव नहीं। जब तक दिमाग 'कमी' नहीं ढूँढ़ लेगा, तब तक सियासत कैसे होगी? इसी कमी को ढूँढ़ने हेतु केजरीवाल ने मफलर का आविष्कार किया। उनकी 'जागते रहो' वाली खाँसी केवल लोगों का ध्यान भटकाने के लिए थी, न कि ध्यान खींचने के लिए।

(4)

त्रिवेन्द्र नरम पानी हैं। हालाँकि कभी बर्फ जैसी सख्ती दिखाने की कोशिश करते मिल जाते हैं। या फिर अपने प्रवाह में पड़ा कोई पत्थर ही आगे कर जाते हैं। किंतु यह सब जिस तरह से होता है, वह अचंभित करता है। त्रिवेन्द्र मूँछ, पगड़ी वाले जादूगर धर्मनेताओं की तरह खुद को पानी से बर्फ में या फिर बर्फ से पत्थर में नहीं बदलते, बल्कि अपनी अलग-अलग, ऊँची-नीची सीमाओं से ही परिचय कराते हैं। ज्यादा बौद्धिक गरमी दिखाने वालों से सामना हो तो वे अपने अचेतन स्रोत में बैठकर ठंडे हिमनद वाला आभास ओढ़ लेते हैं। और कोई उनकी तरलता-सरलता से खेलने की कोशिश करता है, तो वे जड़ता के पत्थरों के पीछे छुप जाते हैं। तो कभी बहते-बहते अचानक ओझल हो जाते हैं।

कोई नदी अपने प्रवाह में ही कैसे गुम हो सकती है? त्रिवेन्द्र के लिए यह किसी गुफाई ऐशगाह की ओर दिष्ट चारित्रिक पतन नहीं है, बल्कि प्राकृतिक प्रपातन है—वेग हासिल करने के लिए! भविष्य की अज्ञात जमीन प्राप्त करने के लिए। त्रिवेन्द्र को उनके बहाव में ही ढूँढ़ने वालों के नसीब में पीछे रह जाना बदा है।

(5)

मुख्यमंत्री बनने के शुरुआती दिनों में त्रिवेन्द्र पर कुछ नौकरशाहों को जरूरत से ज्यादा प्रोत्साहन दिए जाने के आरोप लगाए गए। यहाँ तक कहा जाने लगा कि 'सारंगी-शर्मा' की तर्ज पर एक और नया सिविल-दलदल तैयार हो रहा है।

उत्तराखंड में ऊँचाई वाले क्षेत्रों में नदीतल नहीं के बराबर होते हैं। अत्यंत सँकरी घाटियों से होकर झरने गुजरा करते हैं। नदियों की मैदान की माफिक पिछलगी करना संभव नहीं होता। ऐसे में पहाड़ी धाराओं के रास्ता भटक जाने या गुम हो जाने की सोच पनपती रहती है। भटकाव की यह भीति ही पहाड़ की राजनीति की सबसे बड़ी विडंबना है। जब ऊँचाई पर सर चकराए तो फिर हाथ पकड़कर चलाने वाला किधर भी ले जाए! मगर यदि कोई सिर का संतुलन बनाकर चले तो फिर कैसी भी छलाँग क्यों न लगा पाए?

नौकरशाही नदीतल का निर्माण करती है और राजशाही नदी के प्रवाह का। लोकतंत्र में जब भी सियासत की नदी का प्रवाह मसृण होने लगता है तो नौकरशाही पर उसे सुखा देने के आरोप अपने आप लग जाते हैं। उत्तराखंड में तो यह परंपरा ही रही है कि सियासी सूखेपन का दोष सीधे नौकरशाहों पर ही मढ़ दो। तिस पर बाहरी और पहाड़विरोधी होने की जिल्लत, सो अलग।

राजशाही का सारा पानी सोखकर खुद को ही अधिक तरोताजा और उजागर करने की प्रवृत्ति नौकरशाहों में हो न हो, सत्ता के बाँध बनाने के नाम पर अपनी ही शक्तियाँ बढ़ाने का चरित्र नौकरशाही का हो न हो, इन धारणाओं से अफसरशाही के प्रति उपजे अविश्वास की झलक तो मिलती ही है। तो फिर कहीं ऐसा तो नहीं है कि यही अविश्वास भरी गलतफहमी ही लोकसेवकों को अवसरवादी और भटकाऊ दलदल बनाने के लिए प्रेरित करती है?

मगर क्या अब तक इसी काल्पनिक दलदल और प्रवाह की अनुपस्थिति के सहारे अपनी सूखी सियासत को हरा-भरा करती आई राजशाही खुद अपने निकम्मेपन को ही नहीं ढकती आई है?

कुछ भी हो, त्रिवेन्द्र की दो खूबियाँ उनको नौकरशाही के दलदल में गुम हो जाने से बचाए रखेंगी, ऐसा सहज अनुमान लगाया जा सकता है। एक

तो त्रिवेन्द्र की चेतना-धारा में बहने वाले बड़े-बड़े अचेतन पहाड़ी पत्थर जो किसी भी काल्पनिक अथवा वास्तविक दलदल पर हावी हो सकते हैं। दूसरा त्रिवेन्द्र का पिच्छिल पहाड़ीपन—कोई कितने भी बाँध बाँध ले चिकनी धारा फिसलकर बहती चली जाएगी। त्रिवेन्द्र अपनी धारा को नहीं छोड़ेंगे, कभी बहना नहीं भूलेंगे यह तो तय मानिए।

सबको ही 'अच्छा' मानना, भरोसे लायक समझना त्रिवेन्द्र की सबसे बड़ी कमजोरी मानी जाती है। उनके आस-पास कोई ऐसा नहीं, जो काम का नहीं, जिस पर त्रिवेन्द्र का यकीन नहीं। मगर प्रोत्साहन बाँटने रहने की यह उदारता भरी कमी व्यक्तित्व में उस झिरी या सुराख का काम करती है, जिससे उनके भीतर का कोमल प्रकाश बाहर को छलकता है। यह भाव का प्रकाश है, अभाव का नहीं। इसलिए जब त्रिवेन्द्र में कोई भाव छलकता, बहता न दिखे तो अपना देशकाल अवश्य बदल लीजिए। ऊपर और भी ऊँचे को चले जाइए—हिमनद की ओर। त्रिवेन्द्र की चुप्पी ही उनकी ऊँचाई है। उनकी अक्रियता ही उनकी गहराई है। जब नीरव हों तो समझ लीजिए कि अपने ठंडे स्रोत पर समाधिस्थ हैं। जब निष्क्रिय लगते हों तो जानिए कि नीचे अपनी गहराई में खो गए हैं।

त्रिवेन्द्र के आलोचक-विरोधी नहीं, क्योंकि त्रिवेन्द्र चुनाव के अतिरिक्त कभी किसी के विरोध में खड़े नहीं होते—कार्मिकों, कारिंदों के प्रति उनकी इस उदारता को क्या वफादार पालने की तरह देखते हैं?

कोई यह न भूले कि त्रिवेन्द्र सचमुच के पशुप्रेमी और शिशुप्रेमी हैं। सजीव अवचेतन के प्रति उनकी सज्जनता जगजाहिर है। किंतु उनका यह असली पशुप्रेम उनके मनुष्य-प्रेम पर हावी नहीं होता। त्रिवेन्द्र कभी अतिसक्रियता में विश्वास नहीं करते। मगर मेधावी व्यक्तियों और बुद्धिजीवियों के साथ वे अत्यंत सहज रहते हैं तथा उनको अपने आस-पास रखने में उन्हें कोई गुरेज नहीं।

तो क्या किसी काबिल व्यक्ति को दिया गया प्रोत्साहन भी वफादार पालने की श्रेणी में ही आता है? क्या सियासत की भाषा में उच्चकोटि की प्रतिभाओं के लिए बस इतना ही सम्मान बच गया है? या फिर हर तरह की मेधा असल में बिकाऊ अर्थों की मेधा ही है—केवल शक्ति द्वारा आत्मसात् किए जाने के लिए है?

दूसरे, आज के समाज में जहाँ दूर-दूर तक रोशनी की पहुँच है, तब भी क्या वफादार पालने की परंपरा बरकरार रहे? क्या उन्नत प्रकाशवान तकनीक पर भी कुत्ते की नाक ही हावी रहेगी?

अकेला या शिकारी आदमी रोएँदार वफादार के साथ चलता है। हो सकता है कि अकेला व्यक्ति पूर्णतया अपने विश्वासपात्र पर ही निर्भर रहे। वफादार में भौंकने की डरावनी भाषा भी होती है। खतरा सूँघने की जहनी क्षमता भी। तो सियासत में अपने विश्वासपात्रों को आगे करने का अपने आप ही एक चलन रहा है।

परिवारिक जीवन में जहाँ रिक्ति का अभाव न हो और असुरक्षाबोध अधिक न हो तो वफादार पालने में कोई हर्ज नहीं, बल्कि पालतू जानवर रखना पशुओं के प्रति प्यार और सहचारिता का प्रमाण है।

किंतु सामाजिक जीवन में वफादारों से रेबीज या जलांतक का खतरा रहता है। निश्चित मौत। दूसरा, सामाजिक जीवन में पालतुओं की गंध स्वाद बिगाड़ सकती है। उनसे एलर्जी रोग फैल सकता है।

तो क्या राजनेताओं को अपने सियासी अकेलेपन और असुरक्षा की भावना से बाहर आने की जरूरत नहीं है? क्या सियासत में विश्वासपात्र पालने की परंपरा पर उसी तरह चोट नहीं होनी चाहिए, जिस तरह से विचारधारा पर मूलवादी-अलगाववादी होने के विरुद्ध बार-बार हथौड़े चलाने की जरूरत रहती है?

सियासत सार्वजनिक है, न कि स्वामिभक्तों की खिदमतगारी का पंडाल। सिर्फ तकनीकी ज्ञान से प्रशिक्षित व्यक्ति ही आगे रखे जाने का हकदार है। चाहे वह ड्राइवर हो या पायलट। वैज्ञानिक हो या डॉक्टर। बाकी सभी लोग सिर्फ 'नोट' करने के लिए पीछे बैठे होने चाहिए न कि आगे से राजनायक की नजर धूमिल करने के लिए। राजनेता खुद ही चलता है, तभी तो अगुवा है। उसका सारथी उसके अपने पैर हैं न कि मनचला मन।

तब न ही प्रशिक्षित व्यक्तियों को स्वामिभक्त बनने की जरूरत है और न ही बनाए जाने की। एक व्यक्ति सारथि कृष्ण तो ठीक है, किंतु ठंडे सियासी माहौल में स्लेज गाड़ी खींचने वाला वफादार कभी न बने। बराबरी के इस जनतांत्रिक युग में न कोई वफादार है और न कोई स्वामी। इस घटिया सियासी

सोच से जितनी जल्दी छुटकारा हो सके, उतना अच्छा।

यह भी सच है कि जिसके मुँह पर खून लग गया हो वो खुद ही वफादार बनकर सामने आ जाता है। अपनी तेज घ्राणेंद्रिय को आगे करके बेमौसम भी स्लेजगाड़ी खींचने को तैयार रहता है। किंतु यह राजनेता को ही तय करना है कि वह कैसे चले? भटकाव वाली स्लेजगाड़ी से गरमी देने वाले विश्वासपात्रों के बीच बैठकर या फिर बर्फ से खेलते हुए, बर्फ में फिसलते हुए, बर्फ को पिघलाते हुए?

त्रिवेन्द्र ने बर्फ को ही हाथों में उठा लिया है। नंगे पैर चलने की उनकी आदत ने सत्ता के हिमपथ में गरमी पैदा कर दी है। विकास की निर्झरिणी सोते से चल पड़ी है। अब कोई और अंगुली उठाए तो बर्फ के ओले-गोले खाने को तैयार रहे।

(6)

पहाड़ में लोग विकास को धरातल पर देखने के लिए उतावले हो रहे हैं। उनको लोकसेवकों की दादागिरी-पिछलगी से कोई लेना देना नहीं है। नौकरशाह उस आधारभूत भूमिगत प्रशासनिक ढाँचे के अंग हैं, जो जितना कम दिखें, उतना ज्यादा अच्छा। जब अफसरशाही अधिक चर्चा में हो तो समझ लें कि राजसत्ता किसी बड़े दलदल की ओर बढ़ रही है। नौकरशाही का जरूरत से ज्यादा जाहिर होना ठीक वैसा ही है, जैसा किसी सूखे नदीतल का उजागर होना।

पहाड़ में अलग राज्य बनने के बाद से ही यह मानसिकता घर करती आई है कि राजशाही सिर्फ एक बरसाती नदी है। सदाबहार तो अफसरशाही की सेज है। बस बरसात के मौसम में थोड़ा-बहुत लोकहित के खनन पर रोक लग जाती है। बाकी समय तो बल्ले-बल्ले है। बला की बल्लेबाजी है। राजशाही की विचारधारा खुद को भले ही कितना भी आगे रख ले, खड़ाऊँ तो नौकरशाही के सूखे पर ही उतरेंगे। धरातल पर उतारने वाला गुरुत्वाकर्षण बल तो अफसरी के लाल फीते की गाँठ में ही है।

मगर धरातल की अपनी हकीकत क्या है? कोई भी धरातल कितना वास्तविक है? क्या प्रशासनिक धरातल की असल धरातल के इतर भी अपनी

कोई बौद्धिक सत्ता है? एक दिन में पूरी पृथ्वी घूम जाती है। इसका मतलब यह हुआ कि धरातल कभी एक सा नहीं रहता। नित नया होता है। हर जगह, हर पल हमेशा नया बनता रहता है। पुरानी जगह पर भी नया धरातल बनकर आ चुका है।

तो फिर धरातल में यह एक जैसा दिखने और रहने की प्रवृत्ति क्यों? स्थिरता और ठहराव के प्रति इतना मोह क्यों? यदि लोकशाही अपने आप को परम और अपरिवर्तनशील मानती है, तो यह एक महाभ्रम की स्थिति है। ठीक वैसे ही जैसे धर्मसत्ता में आत्मा अपने आप को अजर-अमर समझती है। क्या किसी धर्मसत्तावान को उसकी निरंकुश आस्था से कोई डिगा सकता है? क्या सचिवालयी शासन व्यवस्था को पत्थर की लकीर उकेरने से कोई रोक सकता है? उत्तराखंड जैसे पहाड़ी राज्य में जहाँ आपदाएँ, जब-तब धरातल का चेहरा बिगाड़ देती हैं, वहाँ अपरिवर्त्य और अचल होना ही सबसे बड़ा गुण माना जाता है। पहाड़ों में कठोरता और अधिनायकत्व को पूजा जाता है। जनरल खंडूरी इसकी मिसाल थे। उनके सख्त सेनानायक वाले रवैए को पहाड़ी जनमानस ने अपने अंतर में दीर्घकाल तक जगह दी।

तो फिर क्या लोकसेवकों में निरंकुशता की प्रवृत्ति पहाड़ों की अस्थिर राजनीति की ही देन है? कमजोर लगने वाले धरातल पर खुद को सेतु की भाँति ऊँचा खड़ा कर देना अपने आप ही स्वयंसिद्ध है। पहाड़ में बरसाती नदियाँ ऊँचे पुलों के ऊपर तैरती नजर आ जाती हैं। इसे नौकरशाही का कमाल कहिए या फिर विकास की बाढ़ का चमत्कार!

मगर सच जो भी हो अस्थिर पहाड़ी धरातल पर किसी पर्वतधारा को कंक्रीट के पुल पर उतरने का ख्वाब नहीं पालना चाहिए। न ही किसी नदीतल को कलम की तकनीक के सहारे पुल जितना ऊँचे उठने की कोशिश करनी चाहिए।

कम-से-कम इस त्रिवेन्द्र युग में तो एकदम भी नहीं। क्योंकि अब न तो धरातल कमजोर है, न उसमें बहने वाला सोते का पानी सूखने वाला है। विकास की बाढ़ लाकर पहाड़ों को हिलाकर रख देने का ख्वाब बुनने वाले मेघशास्त्री बस इतना जान लें कि पहाड़ की जमीन अपने आप हिलती है। जब हिलती है तो कितना भी मजबूत पुल गिर ही जाता है। सनद रहे कि पहाड़ में

सिर्फ सियासी पानी ही नहीं बहता, अचेतन के हिमनद भी बहते हैं। आपदा की मिट्टी भी बहती है। अपनी धुन के पत्थर भी चल पड़ते हैं।

(7)

जब व्यक्ति का अपना अंत:करण अत्यंत कोमल होता है तो स्वभावत: कोई भी संरक्षणवादी हो जाता है। अंतर्मुखी व्यक्ति अपने चारों तरफ सुरक्षा का ऐसा जाल बुन लेता है कि फिर उसी में फँसकर रह जाता है। ऐसे में अंतस्-संज्ञा की अभिव्यक्ति का मार्ग भी बंद हो जाता है।

अपने आप से संवाद करते रहने का तात्पर्य है अपने सृजनशील अचेतन के प्रवाह से जुड़े रहना। इसके लिए एकांत चाहिए। वक्त और शारीरिक क्रियाशीलता चाहिए।

जो 'सही' होता है, वह बाहर से कठोर लगता है। क्योंकि सही होने का एक ही अभिप्राय है—आंतरिकता की अभिरक्षा। आंतरिक संवेदना को चोट न पहुँचे, इसके लिए संवेदनशील व्यक्ति गलत से बचता है। सही को आगे करता है। सही करता जाता है।

इसलिए नहीं कि सही या सच अजेय ब्रह्मसत्य होता है, बल्कि इस वास्ते कि सही एक अटल, अचल सत्य का निर्माण करता है, जिसकी जीवन को केवल प्रतीकात्मक जरूरत ही होती है। अगर कोई सच आपने आप को एकमात्र सच या केवल एक ही मील का पत्थर होना बताएगा तो जीवन उसे नकार देगा। जीवन को पग-पग पर मील के पत्थर चाहिए, वह भी हर बार नए। कितना भी बड़ा सच का स्तंभ हो, जीवन उसके लिए रुक नहीं सकता। कितना भी सही कोई कर ले, केवल वही सही नहीं हो सकता। मील का पत्थर कोई भी हो, कभी मंजिल बनकर रास्ता नहीं रोक सकता। जीवन सबकुछ को ही पीछे छोड़कर आगे बड़ जानेवाला प्रवाह है। जीवन की तुलना न किसी धारा से हो सकती है, न ही किसी सागर से। जीवन केवल और केवल एक अंतहीन प्रपात है। प्रभाव से दूर निष्प्रभाव की ओर। प्रगति के बजाय गति की ओर।

किंतु मानवीय संचेतना और विकास की राजनीति क्या बगैर मील का पत्थर उभाड़े संभव है? बिना प्रवाह रोके, बिना बाँध बनाए कल्पनीय भी है?

त्रिवेन्द्र के पास गुरु-गंभीर 'सही' के बजाय गुरुत्व की राजनीति करने का पहाड़ी परिवेश है। हालाँकि रातोरात कोई राजनीतिक खुद को दार्शनिक में नहीं बदल सकता। न ही कोई नदी ऊँचाई हासिल किए बगैर प्रपात में बदल सकती है। भविष्य के गुरुत्वाकर्षण से जो खिंचा चला जाएगा, अपने साथ सारे मील के पत्थरों के अपवाह को भी बहाकर ले जाएगा।

□

गहराई का सफरनामा

(एक सँझली साँझ)

(1)

जब मैंने खैरा से खैरासैंण तक पैदल उतरने का निश्चय किया तो मेरे मन में इस इलाके के उस इतिहास को जीने का संकल्प था, जो दशकों पूर्व त्रिवेन्द्र के पूर्वजों ने जिया था। खड़कोली से लबाड़, लबाड़ से खैरासैंण, त्रिवेन्द्र के पूर्वज गहराई में उतरते ही चले गए। या फिर यह कहो कि नीचे घाटी से नयार की गहरी सिसकियाँ और सनसनाहटें पीढ़ी-दर-पीढ़ी अपनी तरफ खींचती रहीं। या फिर वह कुहासा, जो शीतकाल में नयार की ठंडी आहों से उठता, एक अचेतन आमंत्रण का हिस्सा था।

कुछ भी हो! एक गह्वर गुरुत्वाकर्षण मुझे भी अपनी ओर खींचे चला जा रहा था। मैं अकेले ही उतर रहा था, मगर यह क्या? एक काला कुत्ता खामोशी से मेरा अनुचर बना हुआ था। मैं ठहरूँ तो मेरी छाया की तरह वह ठिठक जाए। मैं बढ़ूँ तो फिर से बराबर फासले पर नीरव मिलता जाए। एक बार के लिए तो मैं विचलित हो गया। अँधेरा होने को था और मैं डर रहा था कि कही मैं किसी अनहोनी की तरफ तो नहीं बढ़ रहा हूँ।

कौन रहा होगा ये काला कुत्ता, जो मुझे त्रिवेन्द्र के पैतृक घर के आँगन तक छोड़ने आया? युगों-युगों से मौजूद, चलता-फिरता सजग पहाड़ी अंधकार? या फिर मेरे अपने अचेतन की ही पिछलग्गू संझा-संज्ञा, जो पहाड़ में आते ही स्वतः प्रकट हो गई? अचानक ही दो बार वज्रपात झेल चुके झुलसे आम के दरख्त के झौरे पहुँचते ही कुत्ता गायब! मैंने आसपास देखा तो अँधेरा गहराने लगा था।

मैं समझ गया था कि चलते-फिरते काले सिर के रहस्यों से मेरा और भी पाला पड़ने वाला है।

उतरते हुए कंडूल बिछुवा से ढके ऊबड़-खाबड़ ढलान में झाड़ियों के पीछे से चिरपरिचित घंटियों की आवाज ने ध्यान बटोरा तो मैंने रुककर एक गहरी साँस ली। पहाड़ के सबसे पुराने साथी खच्चर खैरासैंण में भी जिंदा हैं। मन में थोड़ा सुकून सा हुआ कि पलायन से ध्वस्त हो चुकी पहाड़ी ग्रामीण संस्कृति से यहाँ पाला नहीं पड़ने वाला है।

लगभग आधा किलोमीटर की ढलान उतरने के बाद आटा चक्की की टुक-टुक, छुक-छुक कानों में गूँजने लगी। पहाड़ों में आटा पिसना जारी है। पिसने में अब भी भरोसा कायम है। सुकून की बात है। यहाँ से ढलान भी उत्तरोत्तर कम होने लगी। और फिर मेरे सामने था सीधे-सपाट खेतों का एक वितान, जिसे गढ़वाली-कुमाऊँनी में सैंण कहते हैं।

आटा चक्की के पिट-पिटाते आरव के साथ कदमताल मिलाकर, और पहाड़ की इस एकमात्र फैक्टरी के आज भी जिंदा रहने के दिलासे के साथ मैं चलता रहा तो किसी चिर-परिचित आवाज ने मुझे फिर से टोका। इस बार जमीन के बहुत पास से आवाज आ रही थी। यह थी गुड़गुड़-तुड़तुड़-मुड़मुड़ की कुल्या-चेतना। पहाड़ों में सिंचित क्षेत्रों में ऐसी आवाजें एकांत को भंग करने की तरल-सरल साथी हैं।

त्रिवेन्द्र के पैतृक घर में उस वक्त कोई नहीं था। लोग अभी तक खेतों में ही थे। अकेला मौका पाकर मैं चुपचाप अपने आसपास के आकाश से परिचय करने लगा। मुझे त्रिवेन्द्र की कहानी के असली किरदारों की तलाश थी, जो मुझे अकेले में ही मिल सकते थे। मैं आँगन में खड़ा हो गया और सामने एकेश्वर की स्याह पहाड़ियों की तरफ निहारने लगा। अकसर जो मन में हो, वही सामने दिखाई देने लगता है। मुझे लगा, जैसे एक कृशकाय किशोर, अग्रज से लगने वाले लंबी छाया वाले डॉक्टर के बगल में खड़ा है। ठीक उस ओर निहारता, जहाँ पर मैं खड़ा था नयार के अवलंब।

अँधेरे में बदलते पहाड़ों को ताकते-ताकते मेरे दाएँ-बाएँ दोनों तरफ दो साँस लेती सख्सियतों के खड़े होने का आभास हुआ। दाईं ओर आम का वृक्ष

और वज्रपातों से क्षत-विक्षत दरख्त तो बाईं ओर दो-फाड़ होकर लटका हुआ प्राचीन वटवृक्ष। मैं त्रैवेन्द्रिक इतिहास के दो किरदारों के बीच खड़ा था। और न जाने फिर कितनी देर आश्चर्य और कौतूहल से सराबोर खड़ा ही रहता अगर कोई पीछे से आवाज न देता। ये थे गैरसैंण के किसान और त्रिवेन्द्र के बड़े भाई बृजमोहन रावत। आठ भाइयों में बृजमोहनजी छठे नंबर पर आते हैं। यानी सबसे छोटे त्रिवेन्द्र से दो नंबर आगे।

कुशलक्षेम के बाद घाटी के बीचो-बीच बैठकर शाम की चाय और घोर पहाड़ी वार्त्तालाप। बृजमोहनजी चाहते थे मैं कुरसी में बैठूँ। जबकि मेरी जिद थी कि मैं इनती दूर सिर्फ पत्थर पर बैठने ही आया हूँ। प्लास्टिक मुझको सहन ही नहीं होता तो क्या करूँ!

शाम गहरा चुकी थी और मेरे मन में लगभग दो किलोमीटर की कुरसीवत चढ़ाई साक्षात् हो उठी। त्रिवेन्द्र का जन्म जिस घर में हुआ, वह घर आज भी जिंदा है। उसी तरफ देखता है, जिस तरफ नयार नदी देखती है—उत्तर-पश्चिम की ओर। वही त्रैवेन्द्रिक दिशा, जिससे उत्तराखंड में त्रिवेन्द्र युग का आरंभ हुआ।

(2)

सुबह फिर से नाश्ते पर मिलने का वादा करके मैं पहाड़ चढ़ने लगा। खैरासैंण से खैरा तक मुझे अकेले ही जाना था रोशनी रहते। मगर ये क्या? दो काले कुत्ते मेरे आगे-आगे चल रहे हैं! जैसे कि इन दोनों हाँफती जानों को पता हो मेरा गंतव्य-मंतव्य। जैसे शाम की इस नीरव घाटी में वे दोनों मेरे अग्रणी हों। मैंने इस अबुझ अरूढ़ घटना को ज्यादा तूल नहीं देने की ठानी। पहाड़ रहस्यों का बसेरा है। कौन जाने ये अग्रचर दो श्वान कौन हों? मेरे लिए इतना ही काफी था कि सँझली रोशनी में चुपचाप मेरे आगे-आगे चलते वे दो निरीह जीव मेरे अगोरदार और अगुआ थे। और जैसा कि मुझे भान था ही, ऊपर सड़क पर पहुँचते-पहुँचते दोनों ही अकस्मात् घुप्प अँधेरे में कहीं खो गए।

मगर तब तक मैं सुरक्षित अपनी गाड़ी में बैठ चुका था। मैंने नीचे गहरे नयार की तरफ देखा तो काले आसमान में मुझे कई आँखें टिमटिमाती नजर आईं। □

पहाड़ चढ़ती नदी

(सुबह-सवेरे)

(1)

सुबह वादे के मुताबिक फिर से खैरासैंण की यात्रा पर निकल पड़े। इस बार ज्यादा पैदल नहीं चलना था। नियत हुआ कि नदी किनारे-किनारे गाड़ी से सफर तय किया जाएगा।

सबसे पहले दर्शन हुए खैरासैंण के सूरज के। ऐसा लगा, जैसे कि दक्षिण में सूर्योदय हो रहा हो। अपने दिशाभ्रम को थोड़ा झकझोरा तो एक नई ही दिशा के दर्शन हुए—सुदूरपूर्व के। पूरब खैरासैंण में कुछ ज्यादा ही पूर्व में है। अत्यंत गहरी प्राची में। यह घाटी न जाने कितनी गहराइयों की जन्मस्थली है!

गाड़ी में बैठे-बैठे ही एक नदी को अपनी तरफ आते देखा। यह नयार है। हम चढ़ाई में थे और नदी गहराई में। कोई नदी पहाड़ कैसे चढ़ सकती है? गाड़ी रोककर उतरना पड़ा। जमीन पर खड़े होकर दोनों दिशाओं में देखा, लेकिन रहस्य नहीं सुलझा। कोई आसपास दिखा नहीं इस रहस्य पर बातचीत करने के लिए। इसलिए चुपचाप आगे बढ़ते रहने का फैसला लिया गया।

खैरासैंण पहुँचते-पहुँचते इतना तो समझ आ चुका था कि हम गहराई के रहस्य में बुरी तरह उलझ चुके हैं। नयार के पानी का पहाड़ चढ़ना, सूरज का दक्षिण में उगना, यह सब इस बात का द्योतक था कि अभी और भी गहरे रहस्यों से पाला पड़ना बाकी है।

गाड़ी से उतरने के बाद त्रिवेन्द्र का घर कुछ ही दूरी पर पड़ता है। पैदल चलते हुए फिर से कदम ठिठक गए। सर चकरा गया। जरा कुछ समझ में आया

तो बोध हुआ कि अचानक ही ऊपर आकाश को ताक लिया था। इतने ऊँचे आसमान से पहले कभी सामना नहीं हुआ। मैं पसीने से तर-बतर हो गया। तुरंत आम के पेड़ के नीचे उस खुरदुरे पत्थर पर बैठ गया, जिससे सटकर ही त्रिवेन्द्र कभी नीचे नयार में अन्यमनस्कता के पत्थर फेंका करते।

तब बैठे-बैठे ही मुझे महसूस हुआ कि मैं किसी फूल के अंदर बैठा हूँ। नयारघाटी अद्‌भुत बनावट की है। चारों ओर से किसी मुकम्मल फूल के दलों-परिदलों की तरह आच्छादित ऐसी उपत्यका मैंने पहले कभी नहीं देखी। एकदम पूर्णता को प्राप्त। पूरी तरह से खिली हुई और गहरी इतनी कि ऊपर नीरव नीले आसमान के अलावा कुछ भी नजर नहीं आता।

सुबह के नाश्ते के बाद मैं त्रिवेन्द्र के बचपन की पड़ताल में जुड़ गया। मुझे उस सफर के पत्थरों, पात्रों की तलाश थी, जिन्होंने त्रिवेन्द्र को इतना गूढ़ और गाढ़ा बना दिया। वटवृक्ष के बाईं ओर टूटी-फूटी छत वाली एक पुरानी इमारत नजर आई। यह त्रिवेन्द्र का प्राइमरी स्कूल हुआ करता था। घर के आँगन में ही स्वनिर्मित, स्वरक्षित इतिहास! ये कोई घाटी है या संग्रहालय? गाँव है या फिर कोई पुरालेख? ऐसा लगता है जैसे इस गाँव की स्थापना किसी कौतुकालय के रूप में ही हुई हो।

इस संग्रहालय रूपी घर के प्रांगण को छोड़ और आगे टटोलने पर दाहिनी ओर उनका पुराना जूनियर हाईस्कूल दिखा। और उसके भी बाईं तरफ आज का इंटर कॉलेज। मैंने ग्यारहवीं के बच्चों को जीवविज्ञान पढ़ाने का फैसला किया, ताकि आसपास के जीव-जंतुओं से भी आसानी से जुड़ सकूँ।

बच्चे मुझे कौतूहलपूर्वक देख रहे थे। उनके लिए मैं मुख्यमंत्री त्रिवेन्द्र के करीब से होकर आया उनका कोई करीबी था। इसलिए प्रतिष्ठित भी था। इन बच्चों को अपना भविष्य भली प्रकार सँजोने के लिए वर्तमान की ऐसी ही किसी छाप की जरूरत है। मगर इन बच्चों को शायद ही पता हो कि वे कितने बहुमूल्य अचेतन प्रकृति की गोद में बैठकर चेतना हासिल कर रहे हैं। मैंने बच्चों को बोध कराया कि मुफ्त में मिली इस नैसर्गिक निधि के बीच अपना मानसिक विकास स्वच्छंद रूप से होने दें। यही मेरा जीवविज्ञान का पाठ है।

फिर से आने का वादा करके मैंने विदा ली। मेरे साथ-साथ चले त्रिवेन्द्र के

प्राइमरी के शिक्षक रहे राजेंद्र सिंह रावत, यानी गुरुजी।

गुरुजी त्रिवेन्द्र को दृढ़ संकल्पक कहते हैं। उनका मानना था कि त्रिवेन्द्र किसी भी क्षेत्र में अपनी चमक बिखेर सकते थे। किंतु मुझे इस बात में कोई रुचि नहीं थी कि त्रिवेन्द्र और कहाँ तथा कितनी तरह से चमक सकते थे। क्योंकि चमक-दमक से तो त्रिवेन्द्र का दूर-दूर तक कोई नाता मालूम नहीं पड़ता। वे तो पहाड़ की तरह हर झलझल को झाँईं बनाकर चलता कर देते हैं। दरख्त की तरह सारी तपिश को पीकर ठंडई में बदल देते हैं।

त्रिवेन्द्र सदा के लिए हैं। त्रिवेन्द्र को कोई एक दिनी या मौसमी जल्दबाजी नहीं। किसी भी प्रकार का अधीरज नहीं। उनके पास अपरिमित समय है—किसी पौराणिक पाषाण की तरह। उन्हें कुछ भी खोने का भय नहीं। सारा अर्जित-सर्जित यहीं रह जाना है।

पहाड़ चढ़ती नदी के अंतिम पड़ाव के रूप में त्रिवेन्द्र के बालसखा से मिलना था। ये थे वेद प्रकाश वर्मा। मछली की गंध से हमेशा महकते रहनेवाली माछा-भात की सतपुली में एक पहाड़नुमा घर में रहते हैं। जाहिर है मकान में काफी चढ़ाई रही होगी। जिस कमरे में मुझे बिठाया गया, उसमें सबसे पहले मुझे जनरल साहब के दर्शन हुए। और भी कई लोगों के ऐतिहासिक चेहरे थे, मगर त्रिवेन्द्र की कोई फोटो नहीं थी। आश्चर्य हुआ कि जिस व्यक्ति को अंतरंग सखा बताया जा रहा है, वो असल में पूर्व मुख्यमंत्री खंडूरीजी का अभिन्न मित्र है। मुझे उत्तराखंड की सियासत के सभी रंगों और ढंगों की जानकारी है। यह रंग-ढंग कुछ अलग ही निकला। एकदम वास्तविक किंतु आदर्श। बिना किसी बनावट के। बिना किसी आभास अथवा विरोधाभास के। एकदम अलग।

वेदजी ने राजनीति की अपनी एक अलग दर्दभरी दास्तान सुनाई। किंतु मेरा मन किसी और ही तरफ था। मुझे बालक या किशोर 'तिरबेन्दर' की तलाश थी, जिसे वेद भी कभी गुड्डू कहकर बुलाया करते थे।

वेदजी के अंदर त्रिवेन्द्र हर रूप में जिंदा हैं। उन्होंने एक मार्मिक बात साझा की। 'त्रिवेन्द्र उतना ही करेंगे जितना कि निहायत ही जरूरी होगा। अनावश्यक कुछ भी करने को उनके पास वक्त नहीं, शक्ति नहीं। वे सी.एम. की कुरसी के वास्ते कभी कोई समझौता नहीं करेंगे'।

लौटते-लौटते एक और बात साफ हुई—त्रिवेन्द्र को गहराई से जानने वाले उनको कोई राजनीतिज्ञ नहीं यर्थाथवादी किसान के रूप में देखते हैं। त्रिवेन्द्र सही-गलत, भले-बुरे, पाप-पुण्य की राजनीति नहीं करते। त्रिवेन्द्र को आती है और भाती है सिर्फ कम खर्च की एक बात—'जरूरी क्या है'?

जो जरूरी नहीं, उसे पीछे छूट जाने दो।

□

संघ के पंख

(1)

डॉ. महिपत रावत होम्योपैथी के डॉक्टर थे। क्रम में तीसरे नंबर के अग्रज। उनके साथ एकेश्वर, गढ़वाल में रहकर त्रिवेन्द्र ने आठवीं के बाद स्नातक-पूर्व की शिक्षा हासिल की।

डॉ. महिपत भी अपने समसामयिकों की तरह कांग्रेसी विचारधारा के नजदीक थे। कट्टर गांधीवादी। प्रथम प्रधानमंत्री श्री जवाहर लाल नेहरू की आधुनिक भारत की संकल्पना के पक्षधर। उस आधुनिक भारत की अवधारणा में जमशेदपुर माकूल बैठता था। किंतु लघुभारत कहे जानेवाले इस शहर ने 1964 में और पुनः 1979 में भयानक दंगों का दंश सहा।

कुल मिलाकर 1964 के दंगे विभाजन का ही अनुलवन थे जब पूर्वी पाकिस्तान (बांग्लादेश) से आए शरणार्थियों को भारत में जहाँ-तहाँ बसाया जा रहा था। फिर 1979 के दंगे आदिवासी इलाकों में बसाए जा रहे इन्हीं बाहरी लोगों के प्रति स्वदेशी बलवे का हिस्सा था।

जमशेदपुर दंगों की विभीषिका की कहानियाँ पहाड़ों तक भी आ पहुँची थीं। डॉ. महिपत रावत ने युवा त्रिवेन्द्र को दंगों की असल वजह से दो-चार कराया। 1947 के धर्म-आधारित विभाजन और उससे जुड़ी द्विराष्ट्र की संकल्पना को उन्होंने अलगाव की मानसिकता के लिए जिम्मेदार ठहराया।

उस दौर में महज अठारह वर्ष के त्रिवेन्द्र ने अपने आप को संघ की अखंड भारत की विचारधारा के करीब पाया। असल में मातृ-भूमि की निस्स्वार्थ सेवा का भाव सुदूर पहाड़ों में भली-भाँति पुष्ट है। इसका एक कारण तो सेना में युवाओं

की अच्छी खासी मौजूदगी है। दूसरे, अँधेरे और खाली-खाली पहाड़ों की शून्यता को भरने के लिए विचारधारा एक आसान और आकर्षक माध्यम है। डॉ. महिपत ने तर्कों और तथ्यों के माध्यम से जमशेदपुर दंगों में संघ की संलिप्तता को नकार दिया और त्रिवेन्द्र से जीवन में हमेशा खुली सोच रखने को कहा। त्रिवेन्द्र ने उसी वर्ष यानी 1979 में संघ का दामन थाम लिया और तुरंत दस दिनी प्रारंभिक प्रशिक्षण लेकर चिरंतन संघी हो गए।

यहाँ पर यह बात बताना भी महत्त्वपूर्ण है कि सन् 1979 में उत्तराखंड क्रांति दल का गठन हो जाने के बावजूद पृथक् राज्य के कट्टर समर्थक रहे त्रिवेन्द्र किसी क्षेत्रीय दल से नहीं जुड़े। राष्ट्रीयता त्रिवेन्द्र का पहला झुकाव था। अलग उत्तराखंड की माँग विकास हेतु थी, न कि पहचान के लिए। देश की मुख्यधारा से जुड़ने के लिए थी, न कि क्षेत्रीयता की संकीर्ण राजनीति के लिए। भाव के विकास के लिए थी न कि अभाव के खोखले और खाली बरतन बजाते रहने के लिए।

(2)

दिल और दिमाग का द्वंद्व बहुत पुराना है। ज्यादातर लोग एक को दूसरे पर हावी होने देकर आनंद और ताकत का अनुभव करते हैं। दिल अचेतन शरीर का प्रतिनिधित्व करता है तो दिमाग सूक्ष्म सचेतन हिस्से का। दिमाग ऊपर सतह पर रोशनी में होता है तो दिल नीचे गहराई और अँधेरे तल में। दिमाग बाहर से कार्य करता है। प्रतिक्रियात्मक होता है। दिल भीतर से काम करता है। हमेशा सक्रिय रहता है, किंतु प्रतिक्रिया के बजाय प्रवाह को जीता है।

त्रिवेन्द्र का पूरा व्यक्तित्व इसी अवचेतन की गहरी छाप है। उनकी हर अभिव्यक्ति दिल की गहराइयों की उपज होती है। इसलिए बहाव और भाव का उतार-चढ़ाव उनकी विशिष्टता है।

बाह्य चेतना के प्रति उनका अतीव आकर्षण है। किंतु केवल बाह्यता के प्रति उनका कोई लगाव नहीं। उनको आंतरिकता से तर बाह्यता पसंद है। आंतरिकता में किंतु किंचित् मात्र भी बाहरीपन-बनावटीपन बर्दाश्त नहीं। इसके बावजूद अपनी अर्जित की हुई राजनैतिक बुद्धि से वे सारा सामंजस्य बिठा लेते हैं। चुप रहकर जितना कुछ कह जाते हैं, बोलकर कभी उतना नहीं कहते। अगर कभी जोर से

बोल जाते हैं तो सिर्फ खुद को ही हल्का करने के लिए। न कि दूसरों के सिर पर अपने भाव उड़ेलने के लिए। दूसरों को ज्ञान कभी नहीं बाँटते। मगर गलतफहमी दूर करने में उनका कोई सानी नहीं। उनकी यह एक खास विशेषता है, जिससे वे जाने जाते हैं।

(3)

त्रिवेन्द्र की राजनीतिक यात्रा में 1975 की इमरजेंसी और उसके उपरांत 1977 में बनी और फिर 1979 में टूटी जनता सरकार का जिक्र न आए तो गलत होगा। ऐसा माना जाता है कि आपातकाल ने वैधानिक तौर पर संघ को भारतीय राजनीति में हमेशा के लिए प्रवेश करा दिया। तभी से भारतीय जनमानस ने एक तरह से संघ को कांग्रेस की राजनीति का विकल्प मान लिया था।

इमरजेंसी के दौरान फौजी रहे पिता से भी जब भविष्य की बातचीत हुई तो उन्होंने त्रिवेन्द्र को जीवन में कभी भी नौकरी न करने की सलाह दी। कुछ अलग करने को कहा। तो एक तरह से त्रिवेन्द्र के परिवार की तरफ से उनके संघ में जुड़ने से कोई आपत्ति नहीं थी। फिर त्रिवेन्द्र ने उसके बाद जो भी पढ़ा और किया, कभी नौकरी और स्थायित्व के लिए कुछ भी नहीं किया।

संघी बनने में पारिवारिक मित्र 'पुरी', जो अपने त्यागी जीवन का भगवापन लेकर अकसर घर आते-जाते रहते, की भी अप्रत्यक्ष प्रेरणा अवश्य रही होगी। किशोर त्रिवेन्द्र को सहज ही 'केसरिया' भा गया होगा। उनकी अपनी नयार घाटी का रंग दिन में हरा रहता हो, शाम को स्याह काला हो जाता। ये दोनों ही दमघोंटू रंग हैं। जब अंदर से चटक लाल शोणित कुलाँचे भर रहा था तो बाहर का केसरिया रंग मन को भाना ही था। भारतीय दर्शन में इच्छाओं के शोणित को लाल से केसरिया, केसरिया से धवल और फिर निर्मल जल की तरह बनाने की परंपरा रही है। त्रिवेन्द्र ने भी भगवा नदी में छलाँग लगा दी। या फिर वह कहीं सुबह-सुबह का काषाय क्षितिज तो नहीं था ? आकाश का सुदूर पूर्वी कोना ? सच तो यह है कि यह छलाँग नहीं उड़ान थी। त्रिवेन्द्र को पंख लग गए थे। पहाड़ का स्याह और हरा घोंसला अब उनके काम का न था।

किंतु उड़ान भरना एक श्रमसाध्य क्रिया है, जिसमें काफी ऊर्जा खर्च होती

है। हरी नदी में तो किसी वनस्पति या सरीसृप की तरह बहते चले जाओ। नीले आसमान में भी किसी उल्का की तरह चमक जाओ। मगर केसरिया क्षितिज की उड़ान खून को पतला करके ही उड़ी जा सकती है। ज्यादा लोहे वाला लाल और भारी खून लेकर ज्यादा दूर तक उड़ना संभव नहीं। खून भी हल्का हो और मन भी हल्का हो तो कोई भी आसमानी ऊँचाई जमीन से ज्यादा दूर नहीं।

यह केवल रंग का ही आकर्षण था या फिर कुछ और भी इसमें शामिल था? संघ का केसरिया ध्वज द्विशाखित है। संघ विरोधी इसे संघ का दोगलापन–खचरापन कहते आए हैं। मगर कोई अपने दोरंगेपन, दुमन की दुविधा का झंडा लेकर क्यों उड़ान भरे? कहीं ऐसा तो नहीं है कि दोशाखी ध्वज असल में उस दौर में फल–फूल रही दोमुँही–दोरुखी राजनीति की ही एक ईमानदार अभिव्यक्ति थी?

संघ का श्रमजीवी इतिहास बताता है कि संघी ध्वज द्विशाखित जीभ का प्रतीक न होकर द्विशाखी पुच्छ है। यानी कि प्रवासी अबाबील पक्षी की तरह लंबी और ऊँची उड़ान भरने में मददगार पंखपुच्छ। प्रव्रजन अथवा प्रवास संघ की कम–उपभोग वाली, कम खून और कम खाने की जीवनशैली का अभिन्न अंग है। किंतु संघ ने अपने लिए खचरों वाला आकाशमार्ग ही क्यों चुना? यह उस समय के प्रतिकूल इतिहास का शत्रुतापूर्ण आचरण ही था कि संघ को न धरातल मिला, न जलविहार का अवसर।

तो घने बादलों के बीच से गुजरते हुए जब न ऊपर आसमान दिखाई दे और न नीचे जमीन तो दिशा निर्देशन कैसे प्राप्त हो? भारतीय राजनीति में संघ ने काफी अँधेरा और घनघोर आसमान झेला है। किंतु अपने प्रगाढ़ रक्त को पानी बनाकर, खिचड़ी खाकर हल्की–फुल्की जिंदगी जीने वालों की संघ में कभी कोई कमी नहीं रही। भारतीयता के इसी आकाश में संघी बचे रहे तो संघ भी जिंदा रहा।

फिर तो यह समझना कतई जरूरी नहीं है कि संघ का दिशाखित झंडा अग्निजिह्वा है अथवा प्राणशिखा। अधिक आवश्यक तो यह जानना है कि संघ के प्रचारक और चालक उसका कैसे इस्तेमाल करते हैं। जीभ की तरह या दुम की तरह? रसना की तरह या पंख की तरह? इस बात में कोई दो राय नहीं कि नीले भारतीय आकाश में संघी ध्वज संतुलन साधने की परिमितता या पूँछ है। अबाबील पक्षी की तरह प्रव्रजन और भोजन एक साथ कर सकने की युक्ति है।

कोई दिशा-निर्देशन, दूरंदेशी खोए बिना।

बीजेपी अध्यक्ष अमित शाह ने हालिया उत्तराखंड दौरे में एक जीभ चलाते कार्यकर्ता को कुछ यों झिड़क दिया था—"लंबी उड़ान की सोचो, छोटी बात मत करो।" इस कथन का कुछ इस तरह से भी अनुवाद किया जा सकता है—

"पूँछ का इस्तेमाल करो, जीभ का नहीं।"

त्रिवेन्द्र की जीभ अलग है। बहुत कम ही बाहर निकलती है। और जब भी बाहर निकलती है, दाएँ-बाएँ दोनों तरफ के रसायनों को सूँघ लेती है। जीभ का इतना ही उपयोग-उपभोग भी एक मिसाल है। मितव्ययी, मितभाषी त्रिवेन्द्र का मानना है कि संघियों की जीभ ही नहीं होनी चाहिए। हाँ, मगर त्रिवेन्द्र को अपनी यह द्विशाखित संघी पूँछ बहुत प्यारी है। मतलब साफ है। उनको चुनावी राजनीति में मददगार कोई द्विअर्थी जीभ नहीं चाहिए। उनकी उड़ान कम भारी, विरल खून की मंद और स्वच्छंद उड़ान है।

इस पूरी चर्चा में बीजेपी कहाँ है? बीजेपी का क्या मतलब है? क्या है भाजपा के इतने दलों-परिदलों युक्त कमल का असली आशय?

कमल कोमल होता है। प्रकृति की सुकुमार भाषा बोलता है। इसलिए कमल के पुष्प को सहस्त्र जिह्विकामय मुखकमल के रूप में देखा जा सकता है। यह ध्यान रहे कि एकरूप, एकवर्ण होने की प्रवृत्ति विविधतापूर्ण आयामों-आकारों की पँखुड़ियों से बने इस फूल में हावी न होने पाए। रंगत तो बाहरी चमक होती है। असल है विन्यास और स्वभाव। भाजपा के विचारकों को भिन्नता में ही एकधर्मिता की इसी संरचनात्मक सोच को आगे करते रहना चाहिए।

अब नभ में संघ, जल में भाजपा तो धरातल में कौन? धरातल तो जन-गण-मन का है, जिनको दलगत राजनीति के दलदल से कोई मतलब नहीं। भले ही उसमें कमल उगे या फिर किसी डूबे हुए का हाथ दिखे। भाजपा अपना कमल कीचड़ से दूर निर्मल पानी में उगाने का दर्शन हासिल कर ले तो यह संघ और भाजपा का केसरिया बलिदान होगा भारतीयों के लिए।

(4)

अब एक नजर स्वयंसेवक त्रिवेन्द्र के संपूर्ण संघी जीवन पर डालें।

1979 में संघी बनने के बाद लगभग एक दशक तक उत्तराखंड और उत्तर प्रदेश के विभिन्न स्थानों में प्रव्रजन करते रहे। 1981 में रुद्रपुर से संघ का प्रथम वर्ष का प्रशिक्षण लेकर पूर्णकालिक संघ प्रचारक बने। इस बीच श्रीनगर गढ़वाल से इतिहास में एम.ए. किया और तदोपरांत पत्रकारिता में डिप्लोमा भी प्राप्त किया। 1985 में देहरादून क्षेत्र के प्रचारक बनकर आए और 1989 तक देहरादून में अपने संघी जीवन को व्यापक आयाम देते रहे। 1989 से 1991 के समय में मेरठ और देहरादून के मध्य अपनी सेवाएँ बाँटते रहे।

1993 में भाजपा संगठन मंत्री गढ़वाल बने और 1994 में गृहस्थ जीवन आरंभ हो गया। फिर 1997 में उत्तराखंड क्षेत्र के संगठन मंत्री बना दिए गए। इस बीच 1995 में एक पुत्री के पिता भी बन गए।

यहाँ पर 1994 में अलग राज्य एवं आरक्षण के विरोध में हुए छात्रों के सामूहिक आंदोलन का जिक्र करना भी आवश्यक होगा। 'संयुक्त मोर्चा' के तत्त्वावधान में 2 अक्तूबर, 1994 को दिल्ली में भारी प्रदर्शन हुआ था। इस संघर्ष में भाग लेने के लिए उत्तराखंड से जा रहे आंदोलनकारियों की मुजफ्फरनगर में बहुत प्रताड़ना की गई। इसमें अनेक लोग घायल और हताहत हुए। महिलाओं के साथ बर्बरता की घटनाएँ हुईं। इस धरना ने उत्तराखंड राज्य आंदोलन में आग में घी का काम किया।

भाजपा आरंभ से ही उत्तराखंड राज्य की प्रबल समर्थक रही। 1991 में उत्तर प्रदेश की भाजपा सरकार ने ही पृथक् उत्तरांचल बनाने का प्रस्ताव विधानसभा में पारित कराकर केंद्र सरकार को भेजा। 1998 में केंद्र की भाजपा गठबंधन सरकार ने पहली बार राष्ट्रपति के माध्यम से उ.प्र. विधानसभा को उत्तरांचल विधेयक भेजा। भारत के राष्ट्रपति ने उत्तर प्रदेश पुनर्गठन विधेयक को 28 अगस्त, 2000 में अपनी स्वीकृति दे दी। इसके साथ ही 9 नवंबर, 2000 को उत्तरांचल राज्य अस्तित्व में आया, जो अब 2007 से उत्तराखंड नाम से जाना जाने लगा है।

राज्य आंदोलन के दौरान त्रिवेन्द्र भी जेल के बारह-भीतर होते रहे। वे एक पृथक् राज्य तो चाहते थे, किंतु अन्य भाजपाइयों की तरह कट्टर क्षेत्रवाद के विरोधी थे। असल में उत्तराखंडी जनमानस कभी भी संकीर्ण क्षेत्रवादी नहीं रहा। इसके इतर पहाड़ों में गैर-गदेरावादी और धार-धारावादी, भूआकृतिक अलगाव

ही हावी रहा। जिस शृंखला से प्रतिध्वनि न लौटे, वे पहाड़ पराए। जो गैर दिखाई न दें वे गैरों के गैर। किंतु ये वही पहाड़ हैं, जो पूरे भारतीय उपमहाद्वीप को गंगा और हिमालय की प्रखर चेतना बाँटते हैं। कहना न होगा कि पहाड़ी पृथक्कतावाद विचारधारा का अलगाव न होकर जीवनधारा का विलगाव है। यही कारण है कि राज्य आंदोलन में बढ़-चढ़कर भाग लेने वाली यूकेडी आज कहीं नहीं दिखती। उत्तराखंडियों को यूकेडी का दमघोंटू हरा जंगल पसंद नहीं आया। तिस पर लाल लहू के मंच पर चढ़ने की कोशिश करती कुरसी। ऐसे में क्या यूकेडी को अपना झंडा-डंडा बदलने की जरूरत नहीं है ? कोई रंग तो हो, जिसके आर-पार दिखे, जिससे दम आए और दमसाज मिले।

एक बार घर के आँगन से हिमालय को ही ताक लें। पहाड़ियों को कैसा रंग पसंद आता है समझ में आ जाएगा।

□

एक रूमानी अक्तूबर

सन् 1994 का अक्तूबर महीना उत्तराखंडियों को कभी भुलाए नहीं भूलेगा। दिन की चटक धूप के बावजूद शाम-सवेरे की सर्द हवाएँ शुरू हो चुकी थीं। अलग राज्य की रूमानियत जोरों पर थी और गढ़वाल में संघ के संगठन मंत्री त्रिवेन्द्र का खून भी बाकी बाँके गढ़वाली नौजवानों की तरह गुलाबी-गुलाबी हो रहा था। पिघलकर, उबलकर छलकने, लुढ़कने को तैयार। एक से लेकर सत्ताईस अक्तूबर तक कई जगहों पर यह उबलता, करवटें लेता खून गिरा। मगर फिर भी ढोल-नगाड़े बजे। गण नाचे और श्रीनगर में असली शिव-बरात चली। वह भी ऐसे वक्त में, जब पहाड़ विरोधी प्रजापति का कर्फ्यू पूरे प्रदेश में था। अब तक पूर्णरूप से सामाजिक महासागर में गोते खा रहे त्रिवेन्द्र ने परिवार नाम के साँस लेने लायक टापू का निर्माण कर लिया।

विवाह करना संघी-जीवन का कोई विरोधाभाष नहीं, किंतु कर्फ्यू के दौरान पाणिग्रहण करके सड़क पार करना कुछ अलग है। रणभूमि के बीचोबीच शांति के ठहराव का निर्माण। खारे समुद्र के गहरे मध्य में जल का कुआँ खोदना। त्रिवेन्द्र की शख्सियत उनकी शादी में भी झलकी। आक्रोश और रक्तपात के बीच प्यार के मंदिर का निर्माण होना भी चाहिए। जीवन तो एक सतत द्वंद्व है। कुरुक्षेत्र का मैदान है। तो कोई क्या इसलिए साँस लेना छोड़ दे कि चारों तरफ शव बिखरे पड़े हैं? मृत्यु का काला धुआँ बिखरा पड़ा है?

महज मृत्यु के भय से कोई अपनी साँसें नहीं रोक लेता। शिव श्मशान में ही प्राण खींचते हैं। त्रिवेन्द्र ने चोटिल उत्तराखंड को सिर पर रक्तमुकुट की तरह बाँधा और भविष्य के सपनों के साथ शादी रचा ली।

शादी से पहले दुल्हा-दुलहन एक-दूसरे के आमने-सामने ही रहा करते थे। सड़क के एक तरफ एक होटल में संगठन मंत्री त्रिवेन्द्र रुकते। सड़क के दूसरी तरफ सुनीता अपने किराए के घर में रहती। राज शादी के बाद खुला तो अज्ञात की अनजान प्रेरणा में त्रिवेन्द्र का भरोसा और पुख्ता हुआ।

पेशे से प्राइमरी शिक्षक सुनीता ने आसानी से इस विवाह के लिए हामी नहीं भरी। वजह थी त्रिवेन्द्र का सरकारी नौकर न होना। लंबा, छरहरा, सुदर्शन युवक होना त्रिवेन्द्र के किसी काम न आया। आखिर में उद्यमी होना ही काम आया। वह उद्यम था विवाह से पहले का त्रिवेन्द्र का देहरादून में बनाया उनका आशियाना। शिव की तरह उड़ती बर्फ में तो नहीं, मगर उड़ते-उड़ते बनाया गया घर।

त्रिवेन्द्र सुनीता दोनों ही अंग्रेजी में स्नातक हैं। भाषा के प्रति अंदरूनी रुझान होना अपने अवचेतन मन को जानने-समझने की इच्छा ही है। अंध देशभक्तों की तरह त्रिवेन्द्र किसी भाषा-विवाद में नहीं उलझते। उनका मानना है कि वैज्ञानिक रूप से अंग्रेजी भी आर्य जनमानस की ही भाषा है। अंग्रेजी और हिंदी का जन्म एक ही प्राचीन मातृभाषा से हुआ है। त्रिवेन्द्र इतिहास में एम.ए. भी है। अंग्रेजी और इतिहास की मिलावट से भली-भाँति परिचित हैं।

कृति और श्रीजा त्रिवेन्द्र की जान हैं। यदि नाम-पूर्ण भाषा का विश्लेषण किया जाए तो त्रिवेन्द्र, कृति, श्रीजा तीनों नामों में ही 'ऋ' क्रिया का योग है। जाहिर है कि त्रिवेन्द्र के अवचेतन से ही कृति और श्रीजा नाम उपजे हैं। इतना भाषामयी स्नेहभरा पारिवारिक जीवन राजनीतिकारों में कहाँ उपलब्ध है!

जब पुत्रियों की नामधारा ही अपने खुद के नाम से प्रस्फुटित हुई हो तो जाहिर है कि वे अनायास ही त्रिवेन्द्र की आंतरिकता का हिस्सा हैं।

यहाँ पर 'सुनीता' नाम के महत्त्व को कमतर नहीं आँका जाना चाहिए। 'इ' की मात्रा उनके नाम में भी बराबर विद्यमान है। कौन जाने कि उनका विवाह-योग भी इसी 'इ' की मात्रा के योग से बना है!

सनद रहे कि 'ऋ' स्वर जो कि त्रिवेन्द्र के पूरे परिवार के नामकर्म में विद्यमान है—ऋजु एवं ऋत का भाव है।

ऋजु और ऋत क्रमशः अंजसता और ईमानदारी के लिए हैं।

बड़ी पुत्री कृति ने पेंसिल ठीक से पकड़ना भी न सीखा था कि आर्ट आँक डाला। आनुवंशिक तरीके से प्राप्त अवचेतन की शक्ति को कागजों पर उसने खूब उकेरा। अपेक्षा के विपरीत किंतु वह गणित में आगे रही।

शिशु मंदिर से प्राथमिक शिक्षा की शुरुआत करते हुए कृति ने विज्ञान से इंटर किया। किंतु अंततः वह अपनी प्राकृतिक चेतनाधारा के करीब ही फैशन डिजाइनिंग में स्नातक करने चली गई।

श्रीजा अपनी बड़ी बहन कृति की तरह बहुमुखी तो नहीं रही, किंतु चपलता की मेधा उसमें भी कूट–कूट कर भरी थी। कंप्यूटर और कुकिंग में उसकी ज्यादा रुचि रही और शौकिया कविताएँ भी लिखती रही। कालांतर में अपने सारे शौकों को धत्ता बताते हुए विधि स्नातक करने पहुँच गई।

एक अनौपचारिक बातचीज में श्रीजा ने मुझे शशि थरूर की पत्नी की हत्या का उदाहरण देकर यह समझाने की कोशिश की कि कानून अवरोध के लिए कितना जरूरी है। वह 'लॉ' को सर्वोपरि देखती है। लॉ अथवा विधि किंतु उनके लिए प्राकृतिक नियम नहीं। उसके ऊपर की चेतना है। असल में नियम तोड़ने की हमारी गहरी प्रकृति के विरोधाभासों से जूझने की सामाजिक वृत्ति है। मैंने उनको यह बताया कि कानून चहारदीवारी है, भित्ति है। मृत है। सजीवता नहीं। कानून प्राकृतिक बुनियाद है। अव्यवस्था में विधि और व्यवस्था की। कानून सर्वोपरि न हो। तल को ऊपर और धारा को नीचे कर देने से मरुस्थल पैदा होते हैं और मृगमरीचिकाएँ भी।

तो क्या कानून की बाहरी छाल के बिना सुकुमार अंतर को बचाए रखा जा सकता है? क्या बिना जमे भी पानी हिमालय की शुष्कता में बचा रह सकता है?

श्रीजा यह समझती हैं कि अशिक्षित अंतर अथवा अचेतन वृत्तियों का वेग हर धरातल पर हावी हो सकता है। यह सच नहीं होता तो हमेशा नीचे की ओर बहने को बाध्य नमी कभी पहाड़ों में पत्थरों से न फूटती।

मुझे कानून का कोई ज्ञान नहीं, किंतु कल्पना और विश्वास का अंतर भली–

भाँति समझता हूँ। आरूषि और सुनंदा पुष्कर दोनों की हत्याओं में काल्पनिक जनमत बनाम मीडिया ट्रायल के आधार पर करीबियों को ही अपराधी माना गया। यहाँ पर काल्पनिक संभावनाओं पर यकीन हावी हो गया। विधिसम्मत न्याय के लिए यह एक बड़ी चुनौती है। आशा करता हूँ कि श्रीजा कल्पना-निर्मित यकीन को विधि से अलग रखने में सफल होंगी।

□

कुंडली और कुंडलिनी

(1)

त्रिवेन्द्र की अपनी कोई जन्म कुंडली तो है नहीं। मगर जब से मुख्यमंत्री बने हैं, तब से उनकी खूब कुंडलियाँ बन रही हैं। विचारधारा-ग्रस्त कुछ अवकाश प्राप्त लोग तो उनकी जन्मतिथि को फिर से लिखने के लिए अड़ गए हैं। सही के लिए लोगों में गजब की सनक होती है। सही का एक ही मतलब है—नियत, अपरिवर्त्य। अपने अस्तित्व की अस्थिरता से बेचैन व्यक्ति सही और नियत न ढूँढ़ते रहें तो क्या करें?

उत्तराखंड के आठवें मुख्यमंत्री कब पैदा हुए? पाँच अक्तूबर? बीस अक्तूबर या फिर बीस दिसंबर को? कुंडली कभी बनी नहीं, जन्मदिन कभी मनाया नहीं। बच्चे बड़े हुए तो गाँव के स्कूल में दर्ज बीस दिसंबर को ही सटीक जन्मतिथि मानकर मनाने लगे।

जो मना लिया, वही जन्मदिन! कोई आत्म-मुग्धता नहीं। दिशा-दशा जानने की कोई व्यग्रता नहीं। आखिर भविष्य होता भी क्या है? जो बीज एक बार विटप बन गया, उसका फिर कोई भविष्य नहीं होता। केवल वर्तमान होता है। और वर्तमान का तात्पर्य है विद्यमान होना। त्रिवेन्द्र भी इसी वर्तमान को जीते हैं। आज में रहते हैं। और आज इतना विशाल होता है कि उसकी थाह लेने को एक जीवन कम पड़ता है।

पैदा किस वक्त हुए? आराम से शाम को पैदा हुए। बिना किसी जल्दबाजी के। समय फिर से नदारद। किंतु अकाल नहीं असमय। त्रिवेन्द्र का जीवन इसी तरह की अनिश्चितताओं का संयोग है। लेकिन कहीं भी धैर्य का अभाव नहीं है।

किसी भी मोड़ पर ऐसी कोई अधीरता नहीं दिखती कि ये छूट गया या वो छूट गया।

साल 1960। विक्रम संवत् 2017। यह भी सटीक वर्ष ही हो, जरूरी नहीं। क्या फर्क पड़ता है! फर्क तो इस बात से पड़ता है कि भूमि उपयुक्त है या नहीं। बीज तो हर वर्ष ही बोए जाते हैं।

तो फिर किसी की जन्मभूमि या पैदा करनेवाली प्रकृति कैसी हो? अचेतन प्रकृति का भंडार हो या ज्ञान-विज्ञान का उत्सव? इस बारे में भिन्न-भिन्न मत हो सकते हैं। तंगनजर तकनीक के इस दौर में गर्भस्थ शिशु तक को अचेतन के निराले में रहने की स्वतंत्रता नहीं। गर्भ के भीतर ही सुजननिकी के जीन भ्रूण तक पहुँचाए जा रहे हैं। भविष्य में प्रकृति किस हद तक बदलाव से गुजरेगी, कहा नहीं जा सकता।

त्रिवेन्द्र को अचेतन प्रकृति की गहरी गोद मिली। उनकी कुंडली में चलते ग्रह नहीं जड़ ग्राव हैं। पहाड़ में ऐसा सभी के साथ होता है। किंतु त्रिवेन्द्र ने उस समूची गैर-बनावटी, अँधेरी और नीरव प्रकृति को आत्मसात् कर लिया। उसी उपत्यका की ढलान मे खड़े खैर के पेड़ की तरह खैरासैंण की गहरी घाटी में त्रिवेन्द्र ने हमेशा के लिए अपने आप को वर्तमान की एकात्मकता के हवाले कर दिया।

(2)

त्रिवेन्द्र उन गिने-चुने राजनीतिकारों में से एक हैं, जिनको विचारधारा की धरातलीय अवास्तविकता का बोध है। तो फिर किसी विचारधारा से कोई क्यों जुड़ता है? जीवन में हर कोई आस्था और विश्वास ही ढूँढ़ रहा है। हकीकत के जलजलों का सामना कोई यकीन के बगैर कैसे करे? कोई उस खालीपन को कैसे भरे, जो अंदर से बाहर की तरफ प्रस्फुटित होती है और एक पूरे ब्रह्मांड का स्वरूप ले लेती है?

व्यक्ति जब तक अपने अवचेतन का सहारा नहीं पा लेता, तब तक बाहरी ज्ञान अथवा विचारधारा का ही सहारा है। हर किसी की चेतना इसीलिए किसी-न-किसी विचारधारा से अवश्य प्रेरित रहती है।

व्यक्ति की यह आस्था किंतु पूरी तरह बनावटी नहीं है। विचारधारा की प्रेरणा भी अवचेतन से ही आती है। यानी अंतर से ही प्रस्फुटित होती है।

विचारधारा और आस्था किंतु सुरक्षाबोध से अधिक कुछ नहीं हैं। जैसे सुकुमार तने को असली खाद और पानी चाहिए। उसी तरह धूप, पाले और आँधियों से संरक्षण भी चाहिए। सुरक्षा की इसी आस्था की जरूरत विचारधारा से पूरी होती है। विचारधारा कोई खालिस चेतना नहीं होती, बल्कि पहले से मौजूद ज्ञान के पारावार की एक नई मौज होती है।

कहना न होगा कि विचारधारा का कलेवर केवल प्रारंभिक आड़ और आवश्यकता है। अंततः तने को अंदर से मजबूत होना ही होगा। वास्तविक आँधी-तूफानों, ओलावृष्टियों, जलजलों, तापों और अकालों से जूझना ही पड़ेगा। किंतु यह उत्परिवर्तन गुफा में बैठे-बैठे, जमीन के नीचे सोए-सोए नहीं हो सकता। इसके लिए खुले में प्रकट होना ही पड़ता है।

खुले का अभिप्राय यह है कि व्यक्ति न केवल अपनी सुरक्षा की छत को हटाकर प्रभुत्ववादी आसमानी ताकतों का सामना करे बल्कि अपने भीतर से लगातार बाहर आती अतिसंरक्षणवादी प्रतीतियों और अचेतन इच्छाओं से भी समर करे।

(3)

संपूर्ण अस्तित्व नीचे तक अचेतन है। केवल ऊपर सतह पर ही अल्पजीवी जागृति होती है। शरीर रूपी संगठन पूरी तरह से स्वायत्त अचेतन के अधीन है—हृदयगति, श्वासगति, रक्त और रसधाराएँ बिना किसी बोध के चलती रहती हैं। किंतु यह जड़ शरीर भाव और अभाव की चेतना पैदा करता रहता है। ऐसा किसी कुंडलिनी जागरण से नहीं होता, बल्कि रोग और क्षरण से होता है। रोग के वाहक शरीर में प्रतिक्रियात्मक चेतना अथवा लक्षण लाने का काम करते हैं, जो कालांतर में ज्ञान-विज्ञान का रूप ले लेता है।

जो भी शरीरवान है, वह रोगी है। जो भी रोगी है, वह चैतन्य है। रोग अथवा व्रण वह झिरी है, जिससे अंदर का प्रकाश बाहर को आता है या फिर अंदर प्रवेश करने का द्वार खुल जाता है। जो व्यक्ति बाहर से भीतर को देख सकता है या भीतर का प्रतनु प्रकाश बाहर तल पर पढ़ सकता है, वह दर्शनकार है। फिजिशियन है। प्रशिक्षण देकर व्यक्ति को डॉक्टर या चिकित्सक तो बनाया जा सकता है, किंतु दर्शनकार-फिजिशियन नहीं।

त्रिवेन्द्र किशोरावस्था से ही दैहिक, दैविक, भौतिक तापों को झेलते रहे। गाँव के आँगन में खड़े, पड़े, झुलसे आम के पेड़ की तरह। उसके बगल में ही जूझ रहे द्विशाखित पुराने वट वृक्ष की तरह। किंतु 1979 की यह कहानी दैहिक ताप के लिहाज से दिलचस्प है। यह वही वर्ष है, जब त्रिवेन्द्र संघी बने। जब उनकी स्वाभाविक सुकुमार चेतना विचारधारा की विशाल उफनती नदी में कूद पड़ी। इस बात पर पुनः जोर देना जरूरी है कि विचारधारा का अपना कोई प्रवाह नहीं होता। प्रवाह तो व्यक्तियों की सामूहिक चेतना के वेग से आता है। विचारधारा केवल धरातल का निर्माण करती है।

त्रिवेन्द्र के लिए विचारधारा का दामन थामने में इमरजेंसी ही एकमात्र कारण नहीं। बल्कि वे दैहिक ताप भी हैं, जिन्होंने उनके जड़ शरीर को अंदर तक झिंझोड़ दिया।

यह शरीर भी अद्‌भुत है। चुपचाप रहनेवाला। अपने भीतर-भीतर ही व्याधियों का दंश झेलने वाला। बस लहू न जमे और खाल न उधड़े तो फिर चाहे शोले उड़ें या ओले पड़ें। हर रोज कितने प्रकार के कैंसर शरीर में पैदा होते हैं और बगैर किसी के जाने ही शरीर में ही खत्म हो जाते हैं। संक्रमण की अविरल धारा शरीर में बहती रहती है। किंतु शरीर अपने अचेतन ज्ञान के विलक्षण क्रम से रोग-धाराओं को अपने भीतर ही सोख लेता है।

तन मूल्यवान है और हमारी एकमात्र पूँजी है। यही हमारी बहती भावना, हमारे स्पंदनशील हृदय का निर्माण भी करता है। इसके विपरीत मन एकदम अलग है। मन शरीर की चेष्टाओं, क्रियाओं का असर और स्मृति है। मन कोई वास्तविक पूँजी नहीं। मन केवल प्रतिक्रियात्मक है। मन केवल संकल्पनाओं का संकलन है। धारणाओं की धारिता है। विचारधाराओं का बगीचा है।

चेतना शरीर में जागती है, मन में नहीं। मन तो केवल चेतना के ग्रहण और संग्रहण का कार्य करता है। मन कोई वास्तविक सत्ता न होकर आभासी है।

तो फिर शरीर में चेतना कैसे जागती है—कमी से? अधिकता से या फिर स्वत:प्रेरणा से?

जैसे ही शिशु पैदा होता है, वह अपनी प्राकृतिक प्राणवायु से पृथक् हो जाता है। बाहर आते ही दम घुटने से उसका श्वासतंत्र जाग्रत् हो जाता है। इसका तात्पर्य

यह हुआ कि चेतना का आगमन शरीर के आगम से ही संबंधित है। न कि किसी अभाव अथवा प्रभाव से।

किंतु अंग-प्रत्यंग की चेतना कैसे जागे? बिना रोग के, बिना पीड़ा के?

यह एक कटुसत्य है कि सिर्फ रोग ही आंगिक चेतना को जगा सकते हैं। सिर्फ संक्रमण ही पूरे शरीर में हलचल पैदा कर सकते हैं। अतिक्रमण ही प्रतिरोधकता का विकास करके प्रतिरक्षा की स्मृति को पैदा कर सकते हैं।

त्रिवेन्द्र की शारीरिक जागृतियों का लंबा इतिहास है। मूलाधार चक्र से शुरू हुई इन दैहिक चेतनाओं ने सिर तक पहुँचकर ही दम लिया। यह कोई हास्यास्पद बात नहीं है। 1979 में मल द्वार का नालव्रण—मूलाधार चक्र के पास। 1985 में कमर की कशेरुका डिस्क का रोग—मणिपुर चक्र के पास। और 2002 में पूर्ण केशाभाव—सहस्रार चक्र के सन्निकट। उसके बाद भी कभी चक्रीय रोग थमे नहीं। अवटु रोग—विशुद्धि चक्र—और सरशूल—आज्ञा चक्र पर—से वे आज भी पीड़ित हैं। यदाकदा त्वचा की एलर्जी का रोग सो अलग।

कणिकामय इस ब्रह्मांड में शरीर भी कोशिकाओं, कणिकाओं से निर्मित है और कणिकाओं के आदान-प्रदान से ही जीवित भी है। अत: संक्रमण, अतिक्रमण, संचरण और उपसर्ग अपरिहार्य हैं। संक्रमण से ही सक्रियता का संचार होता है। भले ही संक्रमण अनुकूल हों, जो कि केवल सामान्य सक्रियता का निर्माण करते हैं। घातक अथवा प्रतिकूल संक्रमण ही विशिष्ट सक्रियता अथवा प्रतिरक्षा की भाषामय चेतना जगाते हैं।

शरीर-संक्रमण का यही यथार्थ ही वैश्विक यथार्थवाद है। यह मन अथवा कल्पना में नहीं पैदा हो सकता। केवल शरीर की कीमत पर मिलता है। मतलब साफ है—कोई भी समस्या पारलौकिक नहीं, न ही उसका कोई काल्पनिक कागजी हल संभव है। समाधान धरातल पर ही होगा। इसके लिए धरातल की भूआकृतिकी को समझना जरूरी है।

शारीरिक व्याधियों ने त्रिवेन्द्र का ध्यान अपनी ही गहरी प्रकृति की ओर खींचा। उन्होंने शरीर की वह भाषा सीख ली, जो सामंजस्य पैदा करती है। शरीर को संगीत की जरूरत होती है; क्योंकि शरीर है ही एक लयबद्ध, अस्थिर झंकृत रचना। तुकांत-अतुकांत का आवर्तन।

त्रिवेन्द्र शरीर को जगाते रहने में यकीन रखते हैं। उनका मानना है कि शरीर चलेगा तो मन भी चलेगा। उनका यह दर्शन राजनीतिक विचारधारा के एकदम उलट है। सियासत में मन अथवा कल्पना ही मुख्य कारक है। शरीर तो मात्र एक माध्यम है, वाहक है। जनमन जन से कई ऊपर है। ऐसा इसलिए क्योंकि राजनीति जन को एक भीड़, एक समष्टि, एक अखंड संकल्पना के अलावा कुछ और नहीं देखती।

त्रिवेन्द्र पहले राजनेता होंगे, जो सबकुछ समय से करते हैं। अपनी संघी-जीवनचर्या के इतर त्रिवेन्द्र ने भूख, प्यास, नींद और व्यायाम के महत्त्व को अपनी दैनंदिनी में आत्मसात् कर लिया है। तन से उनकी दोस्ती है, इसलिए सभी से दोस्ती है। वे अपने शरीर को कष्ट नहीं देते, इसलिए किसी को भी कष्ट देने की नहीं सोचते।

त्रिवेन्द्र कभी भी अतिसक्रियता का दावा नहीं करते। धर्मदारों और राजनीतिकारों में कम नींद तथा कम खाने का दंभ रहता है। किंतु इसके विपरीत त्रिवेन्द्र समय से भोजन न मिलने पर भड़क जाते हैं। नींद पूरी न होने पर उखड़ जाते हैं।

यह एक सुखद एहसास देने वाला यथार्थवादी जीवन है। राजनीति और धर्म की अगुवाई करनेवालों को योग के अतिवादी अर्थों का प्रचार नहीं करना चाहिए। शरीर मन से पहले है। सक्रियात्मक है। मन तो केवल प्रतिक्रियात्मक भाव है।

तो क्या सौम्य नींद के प्रति वास्तविक लगाव आलसी होने का लक्षण है? या फिर भीतर मौजूद बहाव की जरूरी स्थिलता है?

नींद के प्रति आकर्षण अचेतन के उस अविरल प्रवाह में विद्यमान है, जिससे सतत चेतना की प्राप्ति होती है। सक्रिय आंतरिक चेतना, जिसे हम अवचेतन कहते हैं, जब पूरी तरह से अंतरस्थ हो जाती है तो नींद का आकाश बनता है। नींद का मतलब जड़ता नहीं है। जड़ता तो अत्यधिक कल्पनामयता से पैदा होती है। नींद में सारी कल्पनाएँ धुल जाती हैं और कल्पनाविहीन अचेतन का सघन प्रवाह शुरू हो जाता है। अगर चेतना तरल जल की तरह है तो अवचेतन मधु की तरह है। बाकी सजीव अचेतन-शरीर बर्फ और मिट्टी का स्थिर-अस्थिर निर्माण।

चेतना नकदी या चल है। अवचेतन अचल संपत्ति। सारा विश्व-ब्रह्मांड

अचेतन शरीर। सर्जन–सृजन में रत व्यक्ति को कम नींद की जरूरत होती है, जब अवचेतन लगातार सक्रिय हो और अपने वेग के चलते इंद्रियों के दरवाजे बंद न रख पाएँ। यह बाढ़ में बाँध के दरवाजे स्वत: खुल जाने जैसा है। जाहिर है कि ऐसा कभी कभार ही होता है। बाकी वक्त में नहीं सोने का अर्थ रोग है। अवचेतन के मधु का आधिक्य न होकर सूखापन है।

□

शीत लहर और अग्नि समर

(1)

सन् 2002 में संगठनात्मक संघीय राजनीति से त्रिवेन्द्र का विधिवत् चुनावी राजनीति में प्रवेश हो गया। स्वभाव से अंतर्मुखी त्रिवेन्द्र के लिए एक बार संघी विचारधारा की कुनकुनी नदी में कूद पड़ने के बाद अब यह किसी उफनती बाढ़ में छलाँग लगाने जैसा था। किसी हिमनद में अनावृत उतरने जैसा था।

संगठन के भीतर अदृश्य रहकर काम किया जा सकता है। किंतु चुनावी राजनीति में व्यक्ति पूरी तरह से सर्द, बेदर्द खुली हवा में होता है। ऐसे में असुरक्षा-बोध हावी रहता है और उससे जूझने के लिए तमाम सियासी ईंधन फूँकते रहने होते हैं। हर तरह के पैंतरे और योगासन करने पड़ते हैं। जाहिर है कि ऐसी बर्फबारी के बीच व्यक्ति को अपने जमते खून के संचरण के लिए रोएँदार वफादार भी पालने पड़ते हैं। स्लेजगाड़ी खींचने वाले पालतू प्राणियों के लिए भी आमिष चारे का इंतजाम रखना पड़ता है।

इन बर्फीले सियासी तूफानों के बीच शीत लहर झेलते-झेलते व्यक्ति फिर से हिमयुग में चला जाता है और उसमें घोर पूर्वतावाद जन्म से लेता है। त्रिवेन्द्र ने इस सर्द सियासी समर से जूझकर तटस्थता और उदासीनता का भाव अपना लिया। किंतु अपने भीतर की सामाजिक गरमी कभी खत्म न होने दी। राजनीतिक व्यक्ति कभी-कभार उदारता की सारी हदें पार कर जाते हैं।

चुनावी राजनीति जन की अंगुलियों पर नाचने वाली कठपुतली का ही खेल है। संगठन चलाते वक्त दिल, दिमाग और शरीर तीनों ही पूरी लय में होते हैं। किंतु चुनावी राजनीतिक अपचयन से चयन और न्यूनीकरण से महाकरण का मंचन है।

विकल्पों के आईने में परमवादी पुरुष-पुंगव बनाने का माध्यम है।

मानव सभ्यता के शुरुआती दिनों में जनता की अगुवाई, रहनुमाई करनेवाले लोग पैदा होते थे, बनाए नहीं जाते थे। अधिपतियों का चयन प्रकृति किया करती थी, न कि जनसाधारण। अवचेतन प्रकृति ही सबसे योग्य व्यक्ति को अगुवा बनाकर लोगों का सिरमौर बनाती थी।

सभ्यता के विकास के साथ-साथ चेतन प्रकृति और ज्ञान-विज्ञान की जमापूँजी अवचेतन की प्राकृतिक संपदा पर भारी पड़ती गई और मानव समाज का संगठन जो कि शरीर संरचना का ही वृहद रूप है, ज्ञान की नित नई चुनौतियों का अखाड़ा बनता गया। प्राकृतिक विषमता के विरुद्ध कृत्रिम समानता का निर्माण हुआ और शुरू हो गई सिरमौर चुनने की परंपरा।

जाहिर है—बराबरी की राजनीति में सिरों की राजनीति नहीं हो सकती, क्योंकि सिर प्राकृतिक रूप से अलग-अलग हैं। सिर न्यारे दिखते हैं। विविध बोलते हैं। ऐसे में 'अंगुल' अथवा अंगुश्त की सियासत ने जन्म लिया। अंगुश्त की अपनी कोई पहचान नहीं। जबान नहीं। अंगुश्त केवल एक प्रतिमान है। तो अंगुल में समानीत, अपचित व्यक्ति ही बराबरी का हकदार है।

जब अंगुश्त जैसी नुकीली, नाखूनदार और जोड़दार चीज में सारी शक्ति स्थिर हो जाए तो अंगुश्त की पड़ताल सहते-सहते राजनीतिकार बना व्यक्ति क्यों न कोई बदअमली रहनुमा बने?

अंगुश्त पर लगी काली स्याही को लोग प्रतिष्ठा का प्रश्न मानकर चलते हैं। ये स्याही उनके लिए बराबरी का प्रतीक है। यही है लोकतंत्र का मिथक, पथक। जिसमें काले नाखून को बराबरी की पहचान और काले मुँह को इनसाफ का संकेत माना जाता है।

चुनावी राजनीति में परपीड़न है। इस पीड़ा को हल्का करने के लिए तमाम तरह की 'डॉक्टरी' भी उपलब्ध है। एक तरफ जहाँ अपनी अंगुली से लोग राजनेताओं के नाड़ी-बल की पैमाइश करते हैं। दूसरी तरफ राजनेता इस अंगुल बल को क्षीण करने के तमाम जतन करते हैं। 'अंगुश्त' इतना भी हल्का और सस्ता नहीं, पुरुषकार का प्रतीक भी है। तभी किसी वक्त में औरतों और गुलामों को वोट डालने का अधिकार नहीं होता था। वे केवल पुरस्कार के हकदार होते थे।

पहली बार विधायक चुने गए त्रिवेन्द्र ने जनता द्वारा उठाई गई हर अंगुली का सम्मान करना सीख लिया। चूँकि त्रिवेन्द्र कभी स्वैच्छिक रूप से चुनावी राजनीति में नहीं आए थे तो उनके अंदर राजनीतिक बदले की भावना कभी नहीं रही। उन्होंने सियासी शीत को कभी अपने भीतर नहीं घुसने दिया। उनका यह मानना रहा कि चुनावी शीत लहर के क्षीण होते ही असली अग्निपरीक्षा शुरू होती है। ठंडे ध्रुवों की जंग खत्म होते ही शुरू होती है आतिशबाजी—जो संकेत है कि तापमान बढ़ चुका है। अब जन अपेक्षाओं की अग्निवर्षा होगी।

राजनीति इन्ही चरम तापमानों में जीने की पराकाष्ठा है। आजीविका का अतिवाद है। चरित्र का चरमपंथ है।

(2)

राजनीति में प्रतिशोध की भावना अत्यंत तीव्र होती है, क्योंकि शीताक्रांत राजनीतिक संवेदना स्मृति की प्रतिरक्षा के सहारे ही जिंदा रहती है। सहिष्णुता, उदारता जैसी कोमल सामाजिक भावनाएँ पूरी तरह से सूख जाती हैं या कहीं पीछे छूट जाती हैं। शीत कठोरता व्यक्ति को भीतर तक जकड़ लेती है।

राजनीति कमजोर को ताकत देने का ही मनोविज्ञान है। राजनीति की विचारधारा में प्रत्येक व्यक्ति की चेतनाधारा बराबर की हिस्सेदार है। ऐसे में कमजोर व्यक्ति अपने गैर-बराबर पुरुषकार के बदले बराबरी का पुरस्कार चाहता है। कमजोर व्यक्ति सामाजिक बराबरी पर अपना कुदरती हक समझता है। जिसके न मिलने पर उसमें नाइनसाफियत और प्रतिशोध की भावना घर कर जाती है।

कमजोर को बाहरी टेक देकर खड़ा तो किया जा सकता है, मगर क्या ताकतवर की भाँति उर्वर सामाजिक कार्य भी कराया जा सकता है? क्या महज शिक्षा और प्रशिक्षण से व्यक्ति में सहिष्णुता का आंतरिक बल पैदा किया जा सकता है?

राजनीति को उदारता और समानता का विज्ञान ताकतवर को कमजोर बनाकर नहीं किया जा सकता। ऐसा करना प्राकृत विकास के विरुद्ध होगा। किंतु यह भी सच है कि आज के गैर-रहनुमा परिवेश में किसी को भी कुदरती रूप से ताकतवर और शासन करने योग्य नहीं माना जा सकता। किसी भी तरह का अगुआ बनने के लिए व्यक्ति को सारी शीत-कसौटियों और अग्निपरीक्षाओं से गुजरना ही पड़ेगा।

ऐसे में उदारता का रहनुमा केवल अपवादस्वरूप ही प्राप्त होगा। वही होगा जो विस्मृति और क्षम में महारथ हासिल कर लेगा। राजनीति में भुलावे की बीमारी के ऊपर भूलने की सुसंस्कृति पनपनी चाहिए।

त्रिवेन्द्र भुलक्कड़ हैं। छोटी-छोटी बातें आसानी से भूल जाते हैं। बड़ी-बड़ी बातें कागजों-किताबों में ही रहें तो अच्छा है। बीच की बातें सामान्य बोलचाल के बहाव में अपने आप ही जिंदा रहती हैं। त्रिवेन्द्र के लिए केवल अचेतन का प्रवाह ही मायने रखता है। सहिक की पहचान के लिए किसी आईने की जरूरत नहीं होती। जो अपने साथ बह गया वही अपना। जो अपने साथ रह गया वही प्राप्ति।

राजसत्ता के खड़ाऊँ उनके लिए अमूल्य हैं, किंतु वे उनको अपने परिवेश में हर जगह पहनकर नहीं चलते। नंगे पैर चलना त्रिवेन्द्र की रोज की आदत में शामिल है। कुदरती घट्ठों पर चलना उनको ताकत का एहसास कराता है। कहना न होगा कि त्रिवेन्द्र मनचले नहीं हैं। उनके पैर चलते हैं। वे मनवादी-मनुवादी नहीं। पदिक हैं, पथिक हैं। मतलब कि उनको हिलाना अत्यंत आसान है। क्योंकि उनके पैर जमे नहीं रहते। जूतों में छिपे नहीं रहते। इसीलिए जब मुख्यमंत्री बने थे तो उनको हिलाने की, चलता कर देने की खूब कोशिशें हुईं। अब चलते को कोई कैसे चलता करे? हिलते को कोई और कितना हिलाए?

त्रिवेन्द्र प्राकृतिक बराबरी में यकीन रखते हैं। ऐसी बराबरी जो एक अणु की दूसरे अणु से है। एक अस्तित्व की दूसरे अस्तित्व से है। हर कोई अस्तित्व अपने आप में पूर्ण अस्तित्व है। कोई भी किसी का पूरक नहीं। कोई किसी का उद्धारक नहीं।

(3)

सन् 2002 में विधायक बनने के बाद त्रिवेन्द्र ने सुशीला तिवारी हॉस्पिटल में व्याप्त विसंगतियों के विरुद्ध कानूनी लड़ाई लड़नी शुरू की। सरकारी धन और संसाधनों द्वारा चलाए जा रहे इस मेडिकल कॉलेज की अनधिकृत फीस संरचना का विरोध किया और मनमाने तरीके से लगाए गए कोटा को पूरी तरह गैर-कानूनी ठहराने की अपील की।

साल 2007 में दुबारा विधायक चुने जाने पर राज्य के कृषि एवं ग्रामीण मंत्री

बनाए गए। किसान परिवार से ताल्लुक रखनेवाले ग्रामीण पृष्ठभूमि के त्रिवेन्द्र को ये दोनों विभाग खूब जमे। साल 2010 में कृषि मंत्री रहते हुए केंद्र की मनमोहन सरकार से उत्तराखंड के लिए विशेष कृषि जोन की माँग रखी। कृषि मंत्री बनते ही वे उद्योगों के लिए कृषिभूमि का अधिग्रहण किए जाने के विरुद्ध खड़े हो गए थे। उनका मत था कि कृषि को बढ़ावा देने और कृषिभूमि को बचाए रखने से ही पहाड़ों से पलायन थमेगा। इस दौरान त्रिवेन्द्र ने उत्तराखंड में कृषिभूमि को टाटा मोटर्स के आवासीय जरूरतों के लिए आवंटित किए जाने का भी विरोध किया।

इसके बाद साल 2012 में चुनावी राजनीति ने त्रिवेन्द्र को तगड़ा झटका दिया। किंतु भीतर से मजबूत त्रिवेन्द्र हार को हँसी में टाल गए और खुद गाड़ी चलाकर इस हार से व्यथित अपने ड्राईवर को सैर कराई। ऐसा लग रहा था कि त्रिवेन्द्र सियासी भितरघात के शिकार हुए हैं। किंतु प्रतिशोध और वैमनस्य की भावना उनमें कभी नहीं उपजी। इस तरह 2012 से 2017 तक त्रिवेन्द्र पुन: संगठनात्मक राजनीति की अपनी मनपसंद दहलीज पर आकर खड़े हो गए।

एक बार फिर से त्रिवेन्द्र ने संघ के पुराने दिनों की तरह कमर कस ली और प्रदेश के बाद प्रदेश के प्रभारी, सहप्रभारी की कमान सँभालते और चुनाव जिताते चले गए। विरोधी पीछे छूटते गए, सामने से मित्र बनते गए। सरल-तरल त्रिवेन्द्र राष्ट्रीय राजनीति के सिपहसालारों को भाते चले गए। यहाँ पर ऐसा कहना कि त्रिवेन्द्र सिंह रावत का उत्तराखंड जैसे पहाड़ी राज्य का मुख्यमंत्री बनना प्राकृतिक न्याय की जीत के साथ-साथ ही उनमें अब तक जिंदा आंतरिकता की भी जीत थी—तो बिल्कुल भी अतिशयोक्ति न होगी।

उत्तराखंड का पहाड़ी आदम उनसे एक नई तरह के राजनीतिक व्यवहार की उम्मीद लगाए बैठा है। कैसी हो यह नई राजनीतिक सोच? राजनीति में क्या कभी नयापन लाया भी जा सकता है? कौन नहीं जानता कि राजनीति चिरकाल से ही सहिक और नहिक के दोहरेपन की ही सारी लड़ाई है। सही-गलत, अच्छे-बुरे की धारणाओं की ही एक-दूसरे पर चढ़ाई है। राजनीति आदमी द्वारा स्वनिर्मित दुनिया के प्रबंधन की ही रीति है। इस मनुष्य-निर्मित शक्ति के दो स्तंभ है ज्ञानसत्ता और अर्थव्यवस्था। राजनीति इसी शक्ति साम्राज्य का संचालन है। संचित धन और संगृहीत ज्ञान का नियंत्रण है।

(4)

व्यक्ति का आंतरिक संसार अचेतन शक्तियों से निर्मित है। यहाँ कोई राजनीति काम नहीं करती, क्योंकि यह अचेतन-सत्ता सारी अभिव्यक्तियों का द्वार है। यहाँ कुछ भी छिपाया नहीं जा सकता। कुछ भी आड़ में नहीं रखा जा सकता। अचेतन पूरी तरह से अनावृत है। नग्न, विवस्त्र सत है। अचेतन का मार्ग ही बंद हो जाए तो व्यक्ति की अंतरात्मा ही मर जाए।

त्रिवेन्द्र के अंतर की अचेतन सत्ता पूरी तरह से जिंदा है और उनकी बाहरी चेतना में उसका प्रवाह दिखता है। सच कहा जाए तो अवचेतन का भंडार ही त्रिवेन्द्र की सबसे बड़ी पूँजी है। मगर इसमें इतना आश्चर्य भी क्यों? आखिर राजनीतिकार भी इनसान ही होते हैं। राजनीतिकों को अंत:करण रहित दानव समकालीन मीडिया ने बनाया है। ये वही मीडिया है, जो सियासत के बर्फीले मैदानों में राजनीतिकों की स्लेजगाड़ी को हाँफनी बजाकर हाँकता रहा है।

चरमपंथी सोच और परमतावादी विचारधाराओं में मनुष्य केवल एक कच्चा माल है। तो मानवीकरण संभव नहीं। केवल दानवीकरण की राजनीति या फिर ईश्वरीकरण की धर्मसत्ता चलती है। इतना ही नहीं धर्मसत्ता और राजसत्ता एक-दूसरे के हूबहू क्लोन हैं। तो फिर कई बार यह पता करना मुश्किल हो जाता है कि धर्मसत्ता कौन है और राजसत्ता कौन?

राजसत्ता और धर्मसत्ता केवल आस्था और विश्वास पर आधारित हैं न कि किसी भौतिक वास्तविकता पर। असली जीवन में पानी और मिट्टी की अलग-अलग सत्ता है। न पानी मिट्टी बनने की कोशिश करता है, न मिट्टी पानी बनने की जुगत में लगा रहता है। मिट्टी से पानी फूटता है। पानी में मिट्टी जमा होता है, बहता है। किंतु धर्म और राजनीति में असंभव को संभव बनाने और थोपने की कोशिश चरम पर होती है। क्योंकि दोनों ही अधिनायकवादी, परमतावादी, प्रभुत्ववादी होते हैं। विविधता के लिए दोनों में ही कोई जगह नहीं। सिर्फ प्रतिकृतियों और नई नकलों के लिए स्थान होता है। एक तरह से राजसत्ता मुखौटों की दुनिया है। यहाँ जो मुखौटा चल जाता है, हर कोई उसी को अपना लेता है। प्रतिकृतिवाद ही अधिनायकतंत्र है।

तो फिर शक्ति में आंतरिकता कैसे जिंदा रहे? बहिर प्रभाव की राजसत्ता

में अंत:करण की शक्ति कैसे विकसित हो? व्यक्ति राजनीतिकार भी हो और दर्शनकार भी बना रहे, क्या ऐसा संभव है?

यह धर्म और राजनीति का विषय नहीं। व्यावहारिक दार्शनिकता का विषय है। साँस लेनी है तो ऐसा मुखौटा क्यों पहना जाए, जिससे दम ही घुट जाए! मुखौटा जरूरी है। मुखौटे के बगैर साँस लेने की इजाजत ही नहीं। पहचान छुपाने के लिए भी और जहरीली हवा में साँस लेने के लिए भी। मगर मुखौटे में आँख, नाक, कान तो हों। प्रकाम, प्राणायाम के अवकाश तो हों।

भूमंडलीकरण के इस दौर में औपचारिक राजनीति का परित्याग संभव नहीं। सूचनाक्रांति ने ज्ञान-विज्ञान को हर दरवाजे तक पहुँचा दिया है। राजनीति का अंतरराष्ट्रीयकरण या वैश्वीकरण हो चुका है। यह अनास्था का युग है। कुछ भी स्थिर नहीं है—न व्यक्तित्व, न विज्ञान। किंतु ऐसा भी नहीं है कि परम धारणाओं की खोजबीन रुक गई हो। या फिर संकल्पनात्मक स्थायित्व के आविष्कारों का ढिंढोरा पीटना बंद हुआ हो। आज की राजनीति में कोई भी राजनीतिकार एक मसखरे से ज्यादा की हैसियत नहीं रखता। श्रीमान लालू यादव ने इस सियासी भाँड़पन को दशकों तक भुनाया। अब वैश्विक राजनीति में यही भूमिका माननीय डोनाल्ड ट्रंप निभा रहे हैं। कहना न होगा कि गंभीर और विश्वसनीय राजनीति और धर्मसत्ता का युग पीछे छूट चुका है। अनास्था इतनी गहरी है कि खुद प्रधानमंत्री ने सड़क पर उतरकर झाड़ू लगाया तो कुछ लोग कहने लगे कि उन्होंने एक स्वच्छक के पेट में लात मारी है। प्रधानमंत्री शायद देर से समझ पाए कि यह तो बस पंडाल लगाकर योग करने-कराने वालों का दौर है। सारी सफाई योग से ही होगी। सोशल मीडिया और सार्वजनिक जगहों पर कूड़े के ढेर लगाते रहिए।

(5)

सूचनाक्रांति के इस युग में वर्तमान बहुत विशाल हो चुका है। मीडिया सिद्धांतकारों के अनुसार आज की दुनिया में सबकुछ लाइव या सजीव चल रहा है। हर चीज 'ऑन' है या सिर्फ चालू है। रीयल टाइम अथवा वस्तु-सामयिक है। ऐसे में वर्तमान इतना महाकाय हो चुका है कि किसी राजनीतिक के लिए उसकी थाह पाना असंभव है। राजनीतिक की ऐसी कोई कोशिश भी उसे महादानव बना

देती है। जब तक राजनीतिकार किसी एक समस्या के आस-पास भी आ पाते हैं, तब तक बहुत कुछ पीछे छूट चुका होता है। ऐसे में झटकों वाली प्रतिक्रियावादी राजनीति के अलावा अन्य कुछ भी आधारभूत और ठोस नहीं हो पाता। राजनीतिकार इस अस्थिर और अनंत वर्तमान से पीछे की ओर भागने लगते हैं। और किसी स्थिर-स्थित अतीत की आड़ में छुप जाते हैं। अतीत केवल पौराणिक और काल्पनिक ही नहीं होता। ऐतिहासिक और मूलवादी भी होता है। तो इस पूर्वतावादी, पूर्वजवादी, पलायनवादी राजनीति के लिए अतीत का इतिहास भूगोल बहुमूल्य ईंधन का काम करता है।

कहना न होगा कि ऐसी ही अतिसक्रियतावादी, अतिप्रतिक्रियावादी सियासी सोच के शिकार हुए अरविंद केजरीवाल। नई राजनीति की चाह में वे अन्य राजनीतिकारों की तरह खुलेआम भूतवादी तो नहीं बन सकते थे। मगर हर मर्ज का एक इलाज वाले मध्ययुगीन हकीम जरूर बन गए। मतलब कि आज के दौर का आशु-प्रतिक्रियावादी इमरजेंसी 'डॉक्टर'। अरविंद केजरीवाल ने एक वक्त पूरे देश को आई.सी.यू. में लिटा दिया। और फिर जब इस नीम हकीमी से इलाज न हो पाया तो सर्वोच्च नैतिकता की एयर एंबुलेंस के 'पाइलट' बन गए। ऐसी 'नीम हकीमी' और 'ख्याली पायलटगिरी' करना राजनीतिकों की हर रोज की मजबूरी है। ऐसे में एक स्वस्थ राजनीति—एक धरातल की राजनीति की अपने आप जगह बनती है।

तो क्या राजनैतिक शुचिता और नैतिक उच्चता के मोहपाश में जकड़ी हुई राजसत्ता के इस दौर में वर्तमान धरातल की राजनीति पहाड़ से शुरू हो सकती है ?

ऐसा संभव हो सकता है दो वजहों से। पहली वजह है, पहाड़ में सिर चकराने की उतुंगताभीति। जिस कारण व्यक्ति हमेशा नीचे धरातल पर रहना चाहता है। दूसरी वजह यह है कि पहाड़ एक स्थिर से लगने वाले सीमांकित वर्तमान का निर्माण भी करते हैं। भले ही पहुँच से दूर हो, किंतु हिमाच्छादित शिखर हमेशा सामने रहता है। भले ही अपने अकेले की ही आवाज लौटकर आए, लेकिन पहाड़ों में प्रतिध्वनित तो मिलती है।

पहाड़ को पायलटों की जरूरत नहीं है। यहाँ तो आराम से गाड़ी चला सकने वाले, धीरे से मोड़ काट सकने वाले, किंतु एकदम सटीक ब्रेक लगा सकने वाले,

पहाड़ी ड्राइवरों की जरूरत है जो किसी भी समय दुर्घटना से बच सकें।

अपने पारंपरिक रहन-सहन और मेहनत की आदत को न छोड़ें तो पहाड़ियों को महँगे इलाज वाले देशी-अंग्रेजी डॉक्टरों की भी कोई खास जरूरत नहीं। बस पानी साफ रहे। बहता हुआ दिखता रहे। पहाड़ियों को हवा में कुछ भी नहीं चाहिए। कनकौएबाजी पहाड़ी हवाओं में नहीं चलती। मतलब साफ है—पहाड़ में लोग हर चीज को धरातल पर ही चाहते हैं। कुछ चलता रहे, कुछ बहता रहे। नहीं तो जो नीचे गिर रहा है उसका तमाशा दिखता रहे।

हम सोशल मीडिया के अधैर्यवान और प्रतिक्रियात्मक युग में जी रहे हैं। वर्तमान से पनपा असंतोष और 'लाइव' दुनिया से उपजी छिछोरी और सतही प्रवृत्तियाँ बदलाव की इतनी हियामती हैं कि कई बार तो उन्हें यह भी नहीं पता होता कि बदलना क्या है! ऐसे में सियासत इस बिगड़ैल जनता की कैसी रहनुमा या हकीम बनकर उभरे?

हकीकत में हर तरह का मर्ज मौजूद है, लेकिन सियासत के पास हर मर्ज की दवा क्यों हो? राजनीति व्यक्ति को समानता का अधिकार दिलाने के लिए है या पहाड़ पर हेलीकॉप्टर से ब्रांडेड मिनरल वाटर पहुँचाने के लिए? जैसा कि केदारनाथ में आए जलप्रलय के बाद शुरू हुए आपदा-उत्सव में देखा जाता रहा।

राजनीति व्यक्ति की स्वेच्छाचारिता और मुफ्त में हर चीज पाने की संपूर्तिवादी मानसिकता को वृक्षारोपण में बदलने का विज्ञान भी है। गड्ढे खोदने के बाद भरे जाएँ तो कम-से-कम पेड़ लगाकर। जहाँ हल चले, वहाँ 'कल' भी मिले। खुदाई इतिहास खँगालने के लिए नहीं, भविष्य बोने का विज्ञान है।

(6)

जब सिद्धांत और नियम बने बनाए हैं तो फिर राजनीति में व्यक्ति सिर्फ इस ठंडे और खोखले आसमान में सुदूर तारे की तरह टिमटिमाता रहे और खुद के ही सूरज बनने की प्रतीक्षा करे? अथवा ऐसी ही किसी सियासी जिद और जद्दोजहद में ही उलझा रहे?

रात का अँधेरा तय करता है कि सुबह फिर कौन सा सूरज निकलेगा। किंतु सियासत में कभी रात होती ही नहीं। सियासत तो एक जलसा है। उत्सव है। यहाँ

सूरज कभी अस्त नहीं होना चाहता, क्योंकि यह भरोसा कौन दिलाए कि सुबह फिर से 'उदय' होने का मौका मिलेगा ही। राजनीति का यह अनास्थावाद असीमित और परम आकांक्षाओं की ही देन है। हर अविश्वास की जड़ में कोई-न-कोई चरम इच्छा अवश्य होती है।

त्रिवेन्द्र की ऐसी कोई चरम महत्त्वाकांक्षा नहीं। वे एक मसखरा बनने के बजाय चासा बनना पसंद करेंगे। तुकबंदी से राजनीतिक विदूषक बनने के बजाय बेतुका कहलाना पसंद करेंगे। त्रिवेन्द्र के पास कला हो न हो, कल है। अकल भी है। त्रिवेन्द्र राजनैतिक अस्थिरता के शिकार भी नहीं हैं। उनको किसी गरम सियासी अखाड़े में नहीं जूझना है। वे रात को आराम से सो सकते हैं और सुबह फिर से उगने का इंतजार कर सकते हैं। शक्ति कायम रखने के बजाय वे शक्ति-संचालन में अपना ध्यान केंद्रित कर सकते हैं। यही से राज्य में नया सियासी माहौल पैदा हो सकता है।

तो फिर यह एक मौका है—सियासी उठापटक के माध्यम से जनता का ध्यान भटकाते रहने के बजाय—सत्ता की मशाल को पहाड़ों तक पहुँचाने का। दिल्ली और देहरादून को भूलकर ही पहाड़ चढ़ा जा सकता है। मगर यह भी ध्यान रखना होगा कि पहाड़ों के लिए उच्च तकनीकी चेतना की खुले दिलवाली दिल्ली ज्यादा दूर न हो। और इतने पास भी न हो कि पहाड़ों की ठंडी खरीद-फरोख्त का लाइसेंस लेकर खुलेआम घूमने वालों पर कोई रोकटोक न हो। पिछली सरकार के सीडी कांड ने देहरादून और दिल्ली वालों की सारी पोल खोलकर रख दी है। पहाड़ बेचने वाले देहरादून में ही रहते हैं, अब यह पहाड़ की जनता से कभी भुलाए न भूलेगा।

इसके लिए पहाड़वासियों से जुड़ना होगा। केवल नदियों, ग्लेशियरों, जंगलों और जमीनों को पूछने से काम नहीं बनने वाला। पहाड़ी 'आदम' को सम्मान देने का वक्त आ चुका है। जल-जंगल-जमीन की बचकानी अनुप्रासमूलक राजनीति अनुप्राशन-अन्नप्राशन तक ही सीमित रह गई है। उत्तराखंड को अब नए संस्कार चाहिए। यज्ञोपवीत की प्रतिष्ठा चाहिए।

यह बात लोकसेवकों को प्रधानमंत्री नरेंद्र मोदी अभी हाल ही में अपने मसूरी प्रवास के दौरान बोध कराकर आए हैं। पहाड़ और पहाड़ी में भेद करना जरूरी है; ताकि पिघलते ग्लेशियरों और खिसकते आदमी को अपनी-अपनी तरह

से जमाया जा सके। वनस्पति और आदमी को अलग-अलग समझना जरूरी है, ताकि पौध लगाने और लोग बसाने का बुनियादी अंतर समझ में आ सके। संरक्षण की दकियानूसी मानसिकता से बाहर आना होगा। जो मौजूद है, उसी को तार-बाड़ से घेरने के तंग नजरिए से कुछ अलग करने का वक्त आ गया है। पहाड़ियों को बराबरी का सम्मान चाहिए, न कि किसी विलुप्त होती प्रजाति का विशेषाधिकार और झाड़बंदी।

(7)

पहाड़ के लोग चोटियों पर खड़े होकर अरसे से कुदरत का तमाशा देखते आए हैं। अब सियासत के सर्कसों का तमाशा देखने के भी आदी हो चुके हैं। प्राकृतिक आपदाओं की रणभूमि रहे इस सीमांत प्रदेश को सियासी आपदाओं का रंगमंच बनाए रखने की कोई कसर राजनीतिकों ने नहीं छोड़ी। जनता को हमेशा ऊँचे पहाड़ पर चढ़ाकर नीचे का तमाशा दिखाया जाता रहा। त्रिवेन्द्र किंतु कोई सियासी अखाड़ेबाज नहीं। तमाशा दिखाना उनको नहीं आता। न ही जनापेक्षाओं के बोझ तले दबे होने का नाटकीय राग अलापकर वे अपना पल्ला झाड़ने वाले हैं।

त्रिवेन्द्र के साथ कुछ सीधी सरल बातें हैं, जिनके चलते पहाड़ के लोग उनके प्रति आशान्वित हैं। चुपचाप उनकी तरफ देख रहे हैं। पहली बात तो यह है कि त्रिवेन्द्र का गैरबनावटी पहाड़ीपन दूर से ही परिलक्षित होता है। एकांत, शांत, अक्लांत निर्झर जैसी सरलता, तरलता। कई बार त्रिवेन्द्र की जगह एक बड़ा पत्थर भी होता है, जिसमें कोई हलचल नहीं होती। किंतु पहाड़ के लोगों को पता है कि पहाड़ी धाराएँ बड़ी-बड़ी शिलाओं के नीचे और पीछे से भी चुपचाप गुजरती रहती हैं।

पहाड़ के लोग 'बाहरी' चालाकी को नापसंद करते हैं, यही त्रिवेन्द्र का अधिशेष गुण है। पहाड़ के लोग कठोरता से नहीं डरते—वे जानते हैं कि झरने पत्थरों से ही फूटकर आते हैं। पहाड़ के लोग सूखेपन-रूखेपन से भी नहीं घबराते। सर पर पानी का बोझ उठाकर चलना उनको आता है। मगर उनको ठहरकर पानी पीने वाला और रास्ता पूछने वाला बटोही दिखते रहना चाहिए। जो लोग पहाड़ी आदम से बात करे बिना हवा-हवाई रास्ते चलते हैं, उनकी पहाड़ में एक पत्थर हिलाने की भी कुव्वत नहीं होती।

राजनीतिकार कोई वैज्ञानिक या डॉक्टर नहीं होते। उनसे यही अपेक्षा की जाती है कि उपलब्ध संसाधनों का वे सही से इस्तेमाल करें। उनसे कुछ नया पैदा करने की अपेक्षा नहीं होती। न ही उनको ऐसी कोशिशों में वक्त जाया करना चाहिए। जो हो सकता है, उसे होने दिया जाए। जो नहीं हो सकता, उसे ईमानदारी से पीछे कर दिया जाए। यही राजनीतिकों का काम है। समस्याओं का व्यावहारिक निदान। वहीं, उसी जगह पर। एयर एंबुलैंस वाली मानसिकता समस्या को एक जगह से दूसरी जगह ले जाकर और भी गंभीर और लाइलाज बना सकती है।

(8)

राजनीति 'नेक्सस' अथवा गठजोड़ों का भी मैदान है। कई तरह की पूँजीदारी व्यवस्थाएँ और संस्थाएँ राजनीतिक शासन व्यवस्था के इर्द-गिर्द फलते-फूलते रहते हैं। ऐसे में राजनीतिकार और कॉरपोरेट दलालों का गठजोड़ आसानी से बन जाता है। यह अब और भी आसान हो गया है, क्योकि कॉरपोरेट ने राजसत्ता के क्लोन धर्मसत्ता का चोला पहन लिया है।

इसके अलावा राजशाही और नौकरशाही का सदाबहार गठजोड़ तो है ही है।

अब न कॉरपोरेट पूँजीपति और न ही आत्मकेंद्रित लोकसेवक सियासत की मलाई से अपनी हिस्सेदारी छोड़ने वाले हैं। फिर भी यह तो राजनीतिक को ही तय करना है कि उसकी जवाबदेही किसके प्रति है—साम्राज्यवादी पूँजीपतियों और आत्मसिद्ध लोकसेवकों के प्रति ? या फिर अपनी अंगुली में काली स्याही लगाकर आसमान तक में सुराख कर सकने वाली साधारण जनता के प्रति ?

राजनीतिकार को यह समझना होगा कि सियासी प्रीतिभोज में पहले से ही अपना हक समझकर पत्तल बिछाकर बैठे मलाईखोर उनके कुदरती साथी कतई नहीं हैं। न ही अधपका खाकर काँव-काँव करनेवाले और जूठन न मिलने पर भूँकनेवाले मुफ्तखोर उनके हितैषी हैं।

राजनीतिकार का एक ही प्राकृतिक संगी है—फिलॉसॉफर या दर्शनकार। दार्शनिक शब्द को गलत अर्थों में लिया जाता है। दार्शनिक असल में वस्तुदर्शनकार होता है। दर्शनकार कहता है, विकास तो पहले से मौजूद है। पत्थर फूटकर झरने अपने आप बह रहे हैं। आप विकास को प्रकाश से जोड़िए। प्रकाश भी पहले से

वर्तमान है। तो अवरोध हटाइए। अवरोध गहरे रंग के होते हैं। अखंड, इकरंग, एकध्रुवीय। इन प्रतिष्ठित अजेय रंग-स्तंभों पर हथौड़े से वार कीजिए। बहुलतावादी प्रकाश के झरनों का विकास स्वत: हो जाएगा।

दार्शनिकता की मशाल के बगैर राजनीति में कोई नई रोशनी नहीं पनप सकती। हो सकता है कि दर्शनकार कुछ दूरी पर जाकर मशाल से आग ही लगा बैठे। किंतु हर रोशनी का उद्‌देश्य पथ-प्रदर्शन ही होता है। आगजनी से भले ही सुलगते अंतर को कुछ देर ठंडक पहुँचे। विनाश की आग के शांत होने पर नया जंगल और भी कालेपन और गहराई से पनपता है। जाहिर है कि किसी भी आग का केवल सबसे प्रतनु हिस्सा ही रोशनी के लिए है। प्रकाश के लिए बार-बार बुझाई गई आग में ही विकास है।

तो फिर क्या राजनीतिकार और दर्शनकार के विपरीत ध्रुवीय गठजोड़ की उपयुक्त जगह पहाड़ ही है? जिसने विकास के साफ झरने देख लिए वह दर्शनकार। जो इस निराले दर्शन को भूमिगत माध्यमों से लोगों के सूखे कंठ तक पहुँचाए वह राजनीतिकार। अगर सक्रिय व्यक्ति अंधा न हो तो वो राजनीतिक होने के साथ-साथ दार्शनिक भी है। और एक साफ दृष्टि वाला व्यक्ति चलता-फिरता भी हो तो वह असल में एक राजनीतिक ही है। पहाड़ों में आँखें खुली रखकर ही चल पाना मुमकिन है। पहाड़ों में ऊपर नीचे चलना भी एक अपरिहार्य जरूरत है तो किसी आँख के अंधे से यह संभव नहीं है। जाहिर है कि पहाड़ में सक्रिय राजनीतिकार ही दूरदृष्टि वाला दर्शनकार है। अन्यथा नीचे गाड़-गदेरों का आहार है। केवल एक दुखद समाचार है।

फिर तो यह मानना ही होगा कि पहाड़ में सँभलकर चलने से व्यक्ति दार्शनिक बन जाता है। तो क्या राजनीति करने के इच्छुक व्यक्तियों को पहले पर्वतारोहण नहीं करना चाहिए? पहाड़ में विधिवत् राजनीति विज्ञान की पाठशालाएँ नहीं खुल जानी चाहिए? गांधी और मोदी का इतिहास खँगालने पर तो कम-से-कम यही लगता है।

महात्मा गांधी स्वच्छता के राजनीतिक-दर्शनकार थे। तनुता की अप्रतिम मूर्ति थे। गांधी ने शरीर की सफाई से सफाई अभियान शुरू किया और शोधते-माँजते अस्थिपंजर बनकर रह गए। रही सही कसर गोडसे ने पूरी कर दी—पूरी

देह को एक साथ साफ कर दिया। आत्मा तक विरल बना दिया। पूरी रिक्तता तक पहुँचा दिया।

तो फिर नए भारत के जन्मदाता गांधी की स्वच्छता के प्रति दीवानगी में कौन सी रोशनी थी? साफ क्या करना था और किसे साफ करना था? तो क्या गांधी अपने राजनीतिक तनुतावाद के खुद ही शिकार हो गए? क्या गांधी की सफाई में भी आर्य-जर्मनवादी सुजननिकी का सिद्धांत ही था?

हिंदुत्व के लिए गांधी के बलिदान की मिसाल दधीचि के अतिरिक्त कहीं और मिलना मुश्किल है। गांधी ने खुद को धो-धोकर पूरा गायब कर दिया। किंतु एक सनातन संस्कृतिवादी हिंदूबहुल भारत बनाकर। ऐसा नहीं है कि गांधीवादी सफाईगिरी में कोई छल था। किंतु सफाई का गांधीवादी नजरिया बिलगाव का था—जो गंदा है उसे धो दो, अलग कर दो। सफाई का जुड़ाव-लगाव वाला प्राकृतिक दर्शन उनके समय के पृथक्कतावादी इतिहास ने गांधी की पहुँच से दूर रखा।

मोदी का स्वच्छता अभियान भी क्या पृथक्कतावादी है? क्या मोदी सिर्फ केसरिया की सियासत कर रहे हैं? और भारतीय ध्वज के मूल में बैठे हरे को नकार रहे हैं?

अगर यह सच है तो फिर पहले यह भी स्वीकार करना पड़ेगा कि केसरिया और हरे को अलग करने में कांग्रेस का हाथ है। कांग्रेस का बीच में हाथ वाला ध्वज ही तो कालांतर में भारतीय तिरंगा बना।

जो भी हो, स्वच्छता का मतलब क्लीन अथवा ग्रीन तो कतई नहीं है जैसा कि हरितवादी कुप्रचार करते हैं। स्वच्छता का तात्पर्य धवल से है। धवल यानी सभी रंगों का परस्पर बराबर मेल। तो फिर हिमालय से बहने वाली निर्मल धवल चेतना कभी भी अलगाववादी नहीं हैं। बारिस हो, बाढ़ आए तो नदी में गेरुआ रंग बहने लगता है। किंतु सामान्य स्थितियों में वनाच्छादित नदियाँ दूर से हरीतिमा लिये दिखाई देती हैं। पास आने पर नीलाभ होती हैं और अंजुलि में भरने पर निर्मल।

अब प्रश्न यह उठता है कि धवल में सबकुछ होते हुए भी विरलता क्यों है। धवल में हर रंग की मिलावट होते हुए भी धवल ही स्वच्छता का रंग क्यों है?

असल में जिसे हम साफ मानकर चलते हैं, वह एकरंगीय सफाई है। किंतु

इस तरह अलग-अलग करने, पूर्णशोधन करने का कोई अंत नहीं है। हम 'एक' को अलग देखते हैं और अलग को 'साफ' जो कि एक भ्रम ही है। हकीकत के विरुद्ध एक काल्पनिक आभास मात्र है। ब्रह्मांड में कौन सा कण धोकर अलग हो सकता है? कौन सा कण शुद्ध कण है? सारे कणों-प्रतिकणों को मिलाकर जो सृष्टि बनी है, उसमें कोई मिलावट नहीं। उसमें कोई बाहरी कण नहीं। कोई संक्रमण नहीं। यही विशुद्धि है—यह जो पूरी सृष्टि है। गंदगी और संक्रमण कल्पना में है, हकीकत में नहीं। स्वच्छता असीमवर्णी है। अनंतरंजित है।

अतः स्वच्छता पृथक्कतावादी न होकर समायोजनी होती है। मिलानवादी होती है। मिलनसार होती है। सबकुछ ही मिल जाए तो फिर गंदा क्या है? पृथक्कतावाद से तो सिर्फ खून की लाल नदियाँ बहती हैं। हर रंग मिल जाए तो स्वच्छ है। किंतु हरा ही हरा तो मलेच्छ है। जो भी रंग नहीं मिल पाएगा, वह बाहर से प्रकट होगा और गंदगी का निर्माण करेगा। इसीलिए विस्तारवादी, मूलवादी हरे रंग का मुख्यधारा के धवल में मिलाप एक बड़ी चुनौती है—क्योंकि हरा बोलता है। सिर चढ़कर बोलता है। हरा बराबरी नहीं चाहता। सारी की सारी चाहता है।

तो फिर हरे में चेतनाधारा का बहाव ढूँढ़ना मूर्खता है। हरा जड़ और अगम प्रकृति का स्वरूप है। जो बहेगा वो मूल में धवल होगा या फिर गेरुआ या मिट्टी के रंग का। हरा और नीला केवल आभास हैं।

मोदी के हिमालय प्रवास का इतिहास किसी से छुपा नहीं है। मोदी ने पहाड़ की निर्मल, धवल चेतनाधाराओं के बीच काफी वक्त गुजारा है। तो फिर मोदी का स्वच्छ भारत अभियान केसरिया विज्ञान न होकर इसी धवल-दर्शन का निर्मल ज्ञान होना चाहिए। इंद्रधनुष के सभी रंगों का मिलान होना चाहिए। सबको मिलाकर मिली तनिमा होनी चाहिए, न कि सिर्फ एक की ही घनिमा।

मगर अफसोस कि मोदी की दार्शनिकता पर मीडियाजनित धूसरित विचारधारा हावी हो गई। सवार पर वाहन ही बैठ जाए तो क्या हो? गंदगी को ढोना था न कि सफाई को ऊपर चढ़ना था। साफ-सुथरे लोग सफाई करते नजर आने लगे और सफाईकर्मियों का उपहास उड़ा।

किंतु उपहास भी धवल ही होता है। फेनदार, लहरदार। सातों रंगों का मिश्रण। उपहास भी धोने के ही काम आता है। मोदी के राजनैतिक-दार्शनिक जीवन का यह

एक अहम मोड़ है। उन्होंने उपेक्षा की ठंडी बर्फ से अपने आप को एक दशक तक धोया है। अब यह दशक फिसलते फेनक से धुलने का दशक है, ताकि धवल का मोद पूरी तरह प्रकट हो सके।

मीडिया-चाटुकारों द्वारा निर्मित मोदीफिकेशन से आगे बढ़कर कोई मोदनयुक्त मोटीवेशन ही स्वच्छ भारत मिशन को अगले मोड़ तक पहुँचाएगा।

मोदीमंत्र के बजाय मोदीतंत्र की जरूरत है—ऐसा राजनीतिक तंत्र, जो लोकप्रिय और प्रचारवादी माध्यमों के बगैर नए आधारभूत भूमिगत तंत्र का निर्माण करे।

□

खंड-दो

विशिष्ट

विशिष्ट-1

एक पलायित की पाती

(पलायन प्रोत्साहन मंत्रालय को साभार)

सेवा में,

मानननीय मुख्यमंत्री
उत्तराखंड सरकार
श्री त्रिवेन्द्र सिंह रावतजी,

महोदय,

मुझे यह जानकर हर्ष हो रहा है कि आपके निजी चिकित्सक डॉ. नंदन सिंह बिष्ट आप का जीवनशोध कागज पर उकेर रहे हैं। डॉक्टरों द्वारा रोगियों का इतिहास लिखे जाने की पुरानी परंपरा रही है। चलो अब डॉक्टर राजनीतिज्ञों पर शोध कर उनका वृत्तांत भी लिखेंगे। यह भी एक नई और स्वस्थ परंपरा हो सकती है। बशर्ते कि डॉक्टर खुद किसी विचारधारा से ग्रस्त न हों। लेखन में भी वही तटस्थता अपनाएँ, जिसकी अपेक्षा मरीजों का निदान लिखते हुए उनसे की जाती है।

महोदय, उनके द्वारा लिखे जा रहे आपके जीवन वृत्तांत के माध्यम से मैं अपने पलायन की पीड़ा को पहाड़ के जन-जन तक पहुँचाना चाहता हूँ। इसलिए अपनी इस पाती को आपके जीवनी-लेखक बनाम निजी चिकित्सक के हवाले कर रहा हूँ। यद्यपि आपके डॉक्टर—जैसा कि मुझे उनसे बात करने के बाद मालूम हुआ—घोर अविश्वासी हैं और भीतर तक भौतिक वास्तविकतावादी। वे खुद को सिर्फ एक वस्तु-दर्शनकार मानते हैं। दार्शनिक शब्द भी उनको

रूढ़िवादी लगता है। धारणाओं, मान्यताओं और विचारधाराओं से उनका छत्तीस का आँकड़ा है। किंतु व्यक्तियों में उनका विश्वास कायम है। ज्यादा नहीं तो कम-से-कम आदमी को वे नई चेतना का कच्चा माल तो समझते ही हैं। कुछ नहीं तो एक रोगी तो मानते ही हैं, जिसे सुस्थि और स्वस्ति की जरूरत है।

हम यहाँ दुगड्डा से दो किलोमीटर पहले आमचौड़ में सड़क किनारे दोपहर का भोजन साथ-साथ कर रहे हैं। उनसे परिचय यों हुआ कि वो खाते-खाते कुछ लिखते जा रहे थे तो कौतूहल बस उनका नाम-पता पूछ ही लिया। पहले तो अपने आप को बंगाली बताते रहे, दो पंक्तियाँ रवींद्रसंगीत गाकर हमको उलझा भी दिया। किंतु अपनी पहाड़ी शक्ल और अक्ल को ज्यादा देर तक नेपथ्य में तिरोहित न रख सके। घोर अविश्वासी होते हुए भी इतना जीवंत और स्वच्छंद तो कोई पहाड़ी ही हो सकता था।

डॉ. बिष्ट से पहली चर्चा ही पलायन पर हुई। वजह यह थी कि मैं खुद पलायन का शिकार हूँ और वे अंतर्पलायन-भुक्त। उन्होंने बताया कि पहाड़ी पलायन पर उनका अपना एक अलग प्रतिमूलवादी दर्शन है।

उनके इस मूलविरोधी विसंस्करण के दर्शन के अनुसार शास्त्रसम्मत हिंदू संस्कृति के पहाड़ चढ़ने के कारण समूचे पहाड़ों का धर्मनिष्ठ सांस्कृतीकरण हुआ। फलस्वरूप पहाड़ों से उनके छोटे-छोटे देवी-देवता और कोमल प्राकृतिक आस्थाएँ छिन गईं। स्वपोषित पहाड़ी चेतना-संवेदना के कुदरती झरने सूखते गए और आसमानी बारिश और बाह्य ज्ञान पर निर्भरता बढ़ती गई। आसमानी बारिश पर यह निर्भरता असल में प्रभुत्ववादी बाहरी ताकतों के प्रति जन्मी नई आस्था थी। यहीं से पहाड़ के लिए पलायन के द्वार खुल गए। हर छोटा झरना सागर तक पहुँचने के नए-नए सपने देखने लगा। सागर के उन्मादी ज्वारों की गूँज पहाड़ों में प्रतिध्वनित होने लगी। नदिकाओं, गदेरों की मृदु कलकल अस्पष्ट होती चली गई। सुंदर आभूषणों युक्त देवी-देवता पहाड़ चढ़ते गए और 'जागर' के अचानक प्रकट होने वाले बेअदब पहाड़ी देवता शराबखोरी की मदहोशी में खोते चले गए। खुद को पहाड़ीपन की संस्कृति से अलग, ज्यादा परिष्कृत देखने दिखाने की एक अंधी होड़ शुरू हो गई। यह अपनी

बोली, अपना पहनावा और अपना खान-पान भर त्यागने का दौर नहीं था, बल्कि यह अपने पूरे आंतरिक संस्कारों को त्यागकर उसकी जगह ज्यादा सुसंस्कृत लगने वाली एक रंगरूपी संस्कृति को भरना था। हुड़का बजाने वाले हाथ गायब हो गए और असंस्कारित पहाड़ी देवता अंदर ही अंदर दम तोड़ते गए। निज देवताविहीन घाटियों में निराकार, निर्गुण परमेश्वर बस गए। कहना न होगा कि जब तक पहाड़ में देवता 'आता' था या 'अवतार' लेता था, तब तक पहाड़ में आदमी बसना चाहता था। जब पहाड़ों में निराकार परमेश्वर बस गए तो पहले से ही मौजूद असार ऊँचाई को निहारकर पहाड़ी उदास हो उठा।

पहाड़ से पलायन की यही सांस्कृतिक वजह है। हरे का अँधेरा पिंजरा टूटा तो पक्षी उड़ गया धूप और धुएँ के जंगल की ओर। दुर्गम घाटियों तक सड़क पहुँची तो खुल गया बाहरी दुनिया की ओर पलायन का रास्ता। यह एक कड़वी सच्चाई है। इकतरफा विकास सिर्फ पलायन को जन्म देता है। सड़क के साथ रोजगार, तकनीक और मनोरंजन के माध्यम न पहुँचने से सड़क किनारे खड़ा पहाड़ी रोज नए-नए पैदा हो रहे फर्राटेबाजों की बिना ब्रेक की गाड़ियों में चढ़ने लगा।

जब पहाड़ काटकर सड़कें बनाई गईं तो अपनी घाटियों के कोष्ठकों में बंद पहाड़ियों को उँचे शिखरों में विकास की उजली और दूर से चमकती लीकें दिखाई देने लगीं। फलस्वरूप सदियों से उदासी और अवसाद के शिकार पहाड़ी मानुष को मन के श्याम में अभिराम उजाले नजर आने लगे। यह ठीक वैसा ही था, जैसे खोखले आकाश में विकास भरे हिमालय के दर्शन हों।

यहाँ पर एक बात गौर करनेवाली है कि माओवादियों, नक्सलवादियों की मूलवादी विचारधारा के उलट पहाड़ के लोग हर उस रोशनी और आवाज की तरफ भागे, जो पहाड़ों के कटने और छँटने से पैदा हुई। पहाड़ियों ने कभी भी काल्पनिक पर्यावरण संरक्षण की कोई कोरी जंग नहीं लड़ी जैसा की अतिप्रचारित चिपको आंदोलन का भाव बताया जाता है। असल में पहाड़वासी अपने हरे और गहरे अँधेरे से आजिज आ चुके थे। पहाड़ियों में गहन अरण्यवास की आयातित आततायी माओवादी सोच कभी नहीं रही। पहाड़ के झरनों को

तो केवल मुख्यधारा से जुड़ना था। हो भी क्यों न—पूरे भारतीय उपमहाद्वीप को गंगा की धवल चेतना धारा से सींचने वाले पहाड़ खुद अपने लिये अँधेरे का डेरा कैसे चुनते!

मुझे लगा कि डॉ. बिष्ट को देवता आ गया है। अभी नहीं भी आया है तो जरूर आता होगा। जो ये अभी कह रहे हैं, वह झुरझरी ही तो है! कंपन, हल्लन ही तो है। और वे शीतलहर में दाँत किटकिटाते देवता के वचन ही तो बोल रहे हैं।

(2)

वैसे डॉ. बिष्ट ने एक राजनीतिकार का विश्लेषणात्मक जीवनशोध लिखकर एक नई परंपरा डाली है। इससे कम-से-कम राजनीति में सर्वोच्च पदों पर बैठे लोगों को भीतर तक कुरेदने वाला कोई तो हो, ताकि वे आत्ममुग्धता और अधिनायकत्व की मानसिकता में फँसकर लोकतंत्रवादी मूल्यों को न भूल बैठें। कलम से खुरचे गए राजनेताओं की संवेदना सतह पर मौजूद रहे और वे जन के हितैषी बने रहें।

किंतु काश! हर कोई डॉक्टर लेखक भी होता। डॉक्टर तो ऐसी कूटभाषा का प्रयोग करते हैं, जिसको दवा के दलाल ही समझ पाएँ। जबकि दर्द की झरती भाषा के मूल पर पहुँचकर, धवल फेनिल साँसों का जो मतलब डॉक्टर समझ सकते हैं, वह शायद ही कभी किसी भाषाविद् के द्वारा संभव हो। इनकी भाषा डॉक्टरों की तरह कूट तो नहीं, मगर कुटिल जरूर है। मैं उम्मीद करता हूँ कि इनकी भाषा की कुटिलता कुदाल से कुंद न हो। चोट करे तो किसी की जड़ ढकने बराबर माटी जरूर खोद लाए।

कुछ दिन पहाड़ में डॉक्टरी करके आए डॉ. बिष्ट भी वेदना-संवेदना की धाराओं के मूल तक पहुँच ही गए—ऐसा प्रतीत होता है। शायद उन्होंने गहरे अंदर के वे निर्जन सोते भी देख लिये हैं, जिनके करीब ज्यादा देर तक टिकना संभव नहीं। शायद कहीं भी टिकना संभव नहीं।

मगर साहब पहाड़ में ज्यादा देर तक वैसे भी कौन टिकता है? यह पहाड़ की नियति है कि ऊँचाई से चीजें निचाई की ओर स्वतः ही भागती हैं। ऊँचाई

की चकराहट पर ज्यादा वक्त तक टिकना किसी के भी लिए संभव नहीं। सिवा चीड़ और देवदार के। पहाड़ में टिके रहने के लिए जरूरी है कि सिर पर बोझ कम हो। जड़ गहरी हो और आग लगाने वाले दूर-दूर हों।

पहाड़ से हर चीज नीचे को ही उतरती है। धूप, छाया, पानी, मिट्टी सभी। किंतु ऐसा भी नहीं है कि पहाड़ चढ़ने और बसने की परंपरा खत्म हो गई हो। छायाएँ और कुहासा साँझ को ऊपर को ही चढ़ती हैं। प्रवासी पक्षी भी मौसमी हवाओं के साथ पहाड़ चढ़ते रहते हैं। जब तक ऊपर हिमवान् बैठा है, तब तक पहाड़ों में चेतना का अवचेतन विकास पढ़ने वालों की कोई कमी नहीं रहेगी।

(3)

मैं गढ़वाल की एक भव्य घाटी में जन्मा और बड़ा हुआ। पहाड़ मे रहना कैसा होता है, यह आपको पता ही होगा। ऊबड़-खाबड़ पैदल रास्ते, खच्चर की लीद से सने। स्कूल जाने के लिए मीलों की चढ़ाई। चारों तरफ हरियाली, झरने, बादल और ऊपर नीला आसमान। ऐसा लगता है कि आप किसी ग्रीन जेल में बंद हों। किसी दुर्गम हरी-सभ्यता के एकरूपीय अभयारण्य के एकजीव हों। फिर भी महोदय! पहाड़ में एक खालीपन है। जितनी ज्यादा किसी घाटी की गहराई, उतनी रिक्तता, उतनी उदासी। जितनी ज्यादा किसी पहाड़ की ऊँचाई, उतनी ही अस्थिरता, असारता और शून्य से नजदीकी। आज मैं शहर में रहता हूँ। किराए के एक छोटे से कमरे में। यहाँ खालीपन महसूस नहीं होता, यहाँ कहीं भी खालीपन नहीं दिखता। लोग यहाँ फारिग होने की जगह ढूँढ़ते फिरते हैं। यहाँ छोटे-छोटे पार्क होते हैं—वे भी कूड़ेदानों से भरे।

मगर यहाँ शोरगुल बहुत है साहब! वह भी मशीनी और दीनी दोनों तरह का। दिनभर मशीनें बोलती हैं। सवेरे-शाम और कभी-कभी तो रात-रातभर दीन वाले, दीनहीन वाले माईक लगाकर जगाए रखते हैं। जैसे दीनवालों की मशीनवालों से कोई प्रतिस्पर्धा हो। लेकिन शायद ये सच ही है। हर किसी को तो जन ही चाहिए। बंदे और कारिंदे ही चाहिए—अपनी आस्था के कारखाने और कोठे चालू रखने के लिए। यहाँ आदमी की गजब पूछ है साहब! काम और मान मिले न मिले, ईमान का इनाम मिलना तय है। पहाड़ में कँपकँपाने

के अलावा कोई काम नहीं। मगर उस कँपकँपी को काम का रास्ता दिखाने के लिए जो संगीत चाहिए, वह जागर के डमरू बनाने और बजाने वाले हाथ शहर के होटलों में भाँड़े बजा रहे हैं।

पहाड़ में माइक-वाली दुकानें नहीं होती साहब! भाँग की झाड़ियों के बीच ताश खेलने-वाले टिन की छत-वाले ढावे जरूर होते हैं। बेकारी-बेरोजगारी की बेकरारी को झेलने के लिए लोग धुएँ का सहारा लेते हैं। खाली हाथों को व्यस्त रखने के लिए ताश के पत्ते फेंटते हैं। अंदर के सूखेपन से निपटने के लिए पव्वे का सहारा लेते हैं। टेढ़े-मेढ़े पहाड़ी रास्तों में लोग ऊँचे-नीचे चलते हैं तो दुर्घटना कर बैठते हैं। असल में पहाड़ में दुर्घटना ही एकमात्र घटना होती है। मैं भी इसका भुक्तभोगी हूँ। बड़ा भाई गाड़ी चलाते हुए दस यात्रियों के साथ नीचे काली खाई के अँधेरे में मिल गया तो पहाड़ों से मेरा मन भी सदा के लिए उचट गया।

साहब! अब ये न पूछना कि आँसू क्यों गिरते हैं? अब तो आपको यह भी पता चल ही गया होगा कि आदमी क्यों गिरता है या फिर क्यों भागता है? पलायन की पीड़ा इसी गिरने और भागने की वीणा है। यह भी मगर सच है कि हम पहाड़ी लोग थोड़ी सी तपन से ही गल जाते हैं। धूप के इशारे से ही बह जाते हैं। थोड़ी सी बारिश में ही बाढ़ आ जाती है। एक पत्थर अटका नहीं कि बाँध बन जाते हैं।

पिता साधारण किसान थे। साधारण मतलब अतिसाधारण और सूखाग्रस्त। आठवीं के बाद विज्ञान की पढ़ाई के लिए मैंने शहर के स्कूल में दाखिला लिया। तदोपरांत इंटर करने के लिए देहरादून चला आया। इंटर के बाद सेना में भरती होने के लिए सुबह-शाम दौड़ शुरू कर दी तो खुराक की कमी हो गई। खाँसी में खून आने के साथ ही टीबी की दवा शुरू हो गई। देश की सेवा के लिए रक्त अर्पण करने का मेरा सपना कहीं पीछे छूट गया।

फिर प्राइवेट से बी.ए. किया। कहीं को भी रास्ता नहीं खुला तो एम.ए. भी करना पड़ा। इस बीच ट्यूशन पढ़ाकर जैसे-तैसे गुजर बसर किया। सरकारी नौकरी के हसीन ख्वाबों में रात-रातभर जागता रहा। इसी ऊहापोह के बीच

उत्तराखंड भी बन गया। हमारे सपनों का उत्तराखंड! हमने सोचा, चलो अब पहाड़ में ही सबकुछ मिलेगा। पहाड़ से कहीं बाहर नहीं जाना पड़ेगा।

किंतु महोदय! ऐसा नहीं हुआ। एक अदद नौकरी का जुगाड़ न हो सका। अब होटल में भाँड़े माँजने की नौबत आ चुकी थी। जैसे-तैसे करके छोटी बहन की शादी के लिए कुछ पैसे बचाता रहा। मगर साहब! फिर से पहाड़ दरक गया। सोलह साल की बहन घास काटते-काटते एक धारदार धार पर पहुँच गई थी। बाघ ने सहेली पर आक्रमण किया तो उसे बचाते हुए फिसलकर नीचे गहरी खाई में गुम हो गई। एक बार और मेरे सूखे जीवन में सैलाब बह पड़ा। अपने आँसुओं के साथ बहते-बहते मैं किसी परिचित के साथ गुजरात चला गया। वहाँ आभरणों की दुकान में आँच पर काम करने लगा।

आज मेरे दो बच्चे हैं। गुजराती बोलते हैं। गढ़वाली नहीं समझते। माता-पिता अपने नाती-पोतों को वापस पाने की चाह में स्वर्ग सिधार गए। छोटा भाई जेई है। देहरादून में घर बना लिया है।

अभी गरमी की छुट्टियाँ बिताने गाँव गया था। अब केवल चाचाजी ही वहाँ रहते हैं। खेती-बाड़ी नहीं कर पाते, मगर रह रहे हैं। खाली घर-जमीन पर पहरा दे रहे हैं। यहाँ सबकुछ खाली-खाली है, मगर मन बहुत भारी है। इसी भारी मन से लौटते वक्त दुगड्डा के पास आमचौड़ की पहाड़ी में आपके डॉक्टर मिल गए। परिचय हुआ तो इन्होंने बताया कि मुख्यमंत्री के गाँव से लौट रहे हैं। चलो किसी बहाने तो लोग किसी के गाँव जा रहे हैं। अपना गाँव न सही, मुख्यमंत्री का ही सही।

आपके डॉक्टर की कहानी में भी पलायन है। वे तो बहते-बहते बंगोपसागर तक हो आए। उत्तराखंड बना तो वापस जमने चले आए। किंतु एक बार पहाड़ी को बाहर की गरम हवा लग गई तो उसके लिए फिर ऊँचाई पर जमना आसान नहीं। मगर आपके डॉक्टर ही क्यों महोदय! आपकी कहानी में भी तो पलायन है। हम सभी पलायित हैं। जिसकी जैसी द्रुति वैसी उसकी ठौर। जिसका जितना द्राव, उतना उसका द्राण।

(4)

आपके डॉक्टर कहते हैं कि पलायन के लिए लोग जिम्मेदार नहीं हैं। लोग तो बस किसी धारा में सवार हो जाते हैं। वो वेदना की धारा हो या कल्पना की। पलायन के लिए धारणा जिम्मेदार है—ऐसी धारणा कि पहाड़ में कुछ नहीं है।

कुछ नहीं है की नहिकतावादी धारणा ऊँचाई की शून्यता और गहराई के खालीपन से उपजी भावना है। पहाड़ों की भूआकृतिकी के चलते ऐसी प्रतीति सहज ही हो जाती है। सूनापन, शून्यपन पहाड़ के विन्यास में है। अभाव पहाड़ के भाव में ही है। ऊँचाई और गहराई के आधिक्य से ही कमी और रिक्तता का निर्माण होता है।

मैंने पलायन पर कभी कुछ नहीं पढ़ा है। लेकिन इतना तो समझता हूँ कि लोग कम सुविधा वाले क्षेत्रों से अधिक सुविधा वाले क्षेत्रों की तरफ पलायन करते हैं।

मगर ये सुविधा अथवा सुभीता क्या चीज है? जिससे अपने आप को धरातल से जोड़ने में आसानी हो—वही न, जिस धरातल से मन ज्यादा दूर तक उड़ने की कोशिश न करे—वही तो?

किंतु पलायन के लिए आदमी का कल्पनाशील मन उतना जिम्मेदार नहीं, जितने कि आदमी के पैर। आदमी कोई द्रुम तो है नहीं कि एक पीढ़ी में जगह न बदले। आदमी के पैर चलते रहते हैं जीवनभर। आदमी किसी जमीन का नहीं। आदमी की कोई जमीन नहीं।

भारतीय दर्शन में पलायन की बहुत गहरी पैठ है। पलायन को योग से जोड़ा जाता है। प्रव्रजन अथवा घुमंतू जीवन जीना भोग कम करके योग की तरफ जुड़ने का मार्ग है।

पलायन किंतु क्रिया अथवा कर्म से पलायन नहीं है। वह तो जड़ता है। मन की कल्पनाशीलता से उत्पन्न जड़ता। जब शरीर चलता है तो मन रुक जाता है। मन फिर मनोरंजन नहीं माँगता। सोच या कल्पना में नहीं जीता। चलता शरीर मनचले मन की सबसे बड़ी काट है।

तो महोदय! मन का पलायन रोकना ज्यादा जरूरी है। मन की कर्म

से हटने की प्रवृत्ति, मन की पीछे मुड़कर न देखने वाली फरारी पर लगाम लगाना जरूरी है। मन का पलायन जड़ता पैदा करता है। शरीर का पलायन तो द्रव्यार्जन है। प्रवाह है। इच्छाओं की गति है। गीता में कृष्ण ने अर्जुन के इसी मनचले मन का पलायन ही तो रोकना चाहा। गांडीव चले बगैर, शरीर हिले बिना महाभारत कैसे हो?

अब महोदय, आपके चिकित्सक का कहना है कि ऐसी धारणा में ही खोट है। खालीपन की धारणा एक सांस्कृतिक-मानसिक रोग है। उसका इलाज सरकारी खजाने की बंदरबाँट में नहीं, राजनेताओं पर बनते चुटकुलों से मनोरंजन में नहीं, उचित संवाद में है। उचित संवाद केवल धरातल के साथ ही संभव है आकाश से नहीं। जमीन में उड़ती भाषाई धूल से मुमकिन है, आसमानी इंद्रधनुषों से नहीं।

चोट पैदा करनेवाला हथौड़ा ही मन के खाली आसमान में गूँज ला सकता है। अब हथौड़ा तो जमीन में गढ़े लोहे से ही मिलेगा। उसी से पत्थर को द्रवित किया जा सकेगा। तभी हकीकत के काम की नदी चल पड़ेगी।

(5)

यह सच है कि लोग प्राकृतिक दुनिया से स्वनिर्मित बनावटी दुनिया की तरफ पलायन कर रहे हैं। मगर पहाड़ में ही चेतनाधारा का जन्म होता है तो लोग तपते हुए मैदानों की तरफ क्यों भाग रहे हैं? क्या यह केवल गुरुत्वाकर्षण है? महज गिरावट है? पतन है?

व्यक्ति के अपने निर्माण के लिए उसे अपनी मूल प्रकृति से अलग होना आवश्यक है। यह व्यक्ति को उसकी आदिम-वृत्ति से अलग करने के लिए भी जरूरी है।

डॉ. बिष्ट का कहना है कि पलायन एक प्रोत्साहनीय कदम है, यदि उससे व्यक्ति एवं व्यक्तित्व का निर्माण हो। किंतु किसी भीड़ का हिस्सा बनने के लिए पलायन करना तो भेड़-चाल है। पूर्वतावाद है। पलायन के नए रास्तों का सर्जन आवश्यक है। पलायन को संरक्षण मिले, प्रोत्साहन मिले। सरकारी

मदद मिले। लेकिन सड़कों पर बसाने के लिए नहीं। फुटपाथों पर सोने के लिए नहीं। रास्तों पर ठेलियाँ लगाकर उनको ठेसने के लिए नहीं। पलायन पुराने मार्गों के आड़े हो—चौड़ीकरण, विस्तरण के साथ। धनकोण में हो, शून्यकोण में नहीं। पगडंडियों, उपमार्गों, उपवीथिकाओं और भूमिगत रास्तों के निर्माण से जुड़ा हो। असल में सरकार को एक पलायन-प्रोत्साहन मंत्रालय खोलना चाहिए। अनुप्रस्थ पलायन के लिए। व्युत्क्रम पलायन में ज्यादा यकीन रखना दिवास्वप्न ही साबित होगा। लोग अपनी जड़ता को धत्ता बताकर आगे बढ़ें, न कि सरकारी मुफ्त राशन और दानपुण्य के सहारे जीवन यापन करें। स्टार्ट-अप इंडिया की तर्ज पर पहाड़ में काम अथवा हिल-अप की स्वनियोजन योजनाओं को अधिक जोर-शोर से लागू करना चाहिए।

(अनुप्रस्थ पलायन को 'पलायन की बृजमोहन थ्योरी' के नाम से जाना जाए, क्योंकि यह धारणा खैरासैंण के बुजुर्ग किसान श्री बृजमोहन रावतजी से हुई चर्चा से ही प्रेरित है।)

पलायन की पूरी समझ के लिए जरूरी है कि हम ज्ञान और चेतना को अलग-अलग समझने में सक्षम हों। ज्ञान और चेतना में प्रवाह और प्रभाव का अंतर है। चेतना ग्लेशियरों से फूटने वाली खरी निर्झरिणी है तो ज्ञान सागर में जमा होने वाला खारा जल। ज्ञान पूर्णता का अनुभव है। ग्रहों-उपग्रहों की चाल से ज्ञान के सागरों में ज्वार-भाटे आते हैं। इसके विपरीत चेतना विरल होती है। अपनी आंतरिकता से ही गतिमान, द्युतिमान।

ज्ञान की सागर जैसी परिपूर्णता उसे चेतना से विशिष्ट बनाती है। किंतु चेतना के प्रवाह के बगैर ज्ञान केवल एक निर्जीव धरातल है। चेतना स्वयं में किसी भी तरह से उपयोगी या अनुपयोगी नहीं है। चेतना केवल चलन है। ज्ञान के महासागरीय ज्वारों से मिलकर ही चेतना आभाषित होती है। अन्यथा पहाड़ के सँकरे दर्रों के बीच अँधेरे में ही खो जाने की भीति और थरथराहट। ज्ञान किसी नई चेतनाधारा को जन्म नहीं देता। किंतु ज्ञान ही चेतना के प्रवाहचक्र का एकमात्र माध्यम है।

पहाड़ी चेतना के झरने जनशून्य हो रहे हैं, सूख रहे हैं। किंतु भीड़-भाड़

भरे नदियों–सागरों के किनारे मेले लगने कभी कम नहीं होते। सूचना क्रांति ने इस दौर को और मुश्किल बना दिया है। लोग हर वक्त विक्षोभित महासागरों की सिसकारी सुनना चाहते हैं। निर्झर की नई चेतना की किलकारी वक्त बरबाद करती है। नींद खराब करती है।

निर्झर हमारी सुकुमार चेतना का प्रतीक है। सागर हमारी संस्कृति है। हमारी अभिव्यक्त प्रकृति की समवेत जमापूँजी। तो हम खरे निर्झर से खारे सागर की ओर यों ही पलायन नहीं करते—हम उस जीवनधारा में सवार होकर चलते हैं, जो खारे सागर को जागर बनाती है।

यह कहना गलत होगा कि हम कम चेतना से अधिक चेतना की तरफ भागते हैं—सच तो यह है कि हम अत्यधिक सक्रिय और सजीव आंतरिक चेतना से मृत ज्ञानकोष के अतिरेक की ओर भागते हैं, जैसे कोई नया शब्द पैदा हो और शब्दकोश में अपनी जगह तलाश करे। ज्ञान और धन की जमापूँजी में ही जीवन और जीवचेतना के करेंसी नोटों का मूल्य है।

(6)

उत्तराखंड को शुरुआती दौर में ऊर्जा प्रदेश बनाने का खूब ढोल पीटा गया था। किंतु हम आज भी बिजली के लिए आत्मनिर्भर नहीं, तो आखिर कहाँ कमी रह गई? कहाँ गई वह सारी ऊर्जा, जो प्रदेश के निर्माण के वक्त जन-जन में दिखती थी? क्यों नहीं पहाड़ का आदमी पहाड़ में मौजूद स्वरोजगार की संभावनाओं से जुड़ता है?

सच तो यह है कि हम अकुशल बेरोजगार को भी पहाड़ में रोकने में असमर्थ हैं। हर कोई बड़ी दुनिया से जुड़ना चाहता है। उस भीड़ का हिस्सा बनना चाहता है, जिसे विकसित कहते हैं।

तो फिर क्या ज्ञान की बनावटी दुनिया में ही खोखलापन है, जो कि मनोरंजन के अलावा कुछ और पैदा ही नहीं कर सकती? ज्ञान यदि मनोरंजक न होकर दुखदायी होता तो लोग अज्ञान की तरफ भागते।

यह सिर्फ भेड़चाल नहीं है कि हर कोई पलायन की नदी में सवार है।

ऊपर से नीचे की ओर चुंबकत्व है, खिंचाव है। ज्ञान और तकनीक की तरफ झुकाव है, क्योंकि ज्ञान और धन ही महत्त्व के हैं, अर्थ के हैं। 'किसने क्या पाया' की परिभाषा इन दोनों से ही तय होती है।

तो फिर पलायन क्या आत्मसंतुष्टि और आत्मसम्मान की दौड़ भी है?

डॉ. बिष्ट, जो कि टाइपिंग की एक गलती की वजह से अब से डॉ. 'विश्व' हो गए हैं—का कहना है कि पलायन को परिभाषित करना छोड़ दीजिए, क्योंकि पलायन एक निरंतर बदलती हुई हकीकत है। पलायन कौन कर रहा है, किसका हो रहा है? लगातार इस पर नजर रखी जाए। न कि मनगढंत और काल्पनिक वजहों पर बहस होने दी जाए।

□

विशिष्ट-2

पहाड़ में डॉक्टर

(1)

पहाड़ों तक डॉक्टर पहुँचाना मुख्यमंत्री की सबसे बड़ी प्राथमिकताओं में से एक है। हो भी क्यों न, पहाड़ लंबे समय से बुनियादी स्वास्थ्य सुविधाओं से वंचित हैं। जिस तरह से अलग उत्तराखंड बनने के बाद प्रतिव्यक्ति आय और जनापेक्षाएँ बढ़ी हैं, उस तरह से सरकारी क्षेत्र में लोकस्वास्थ्य का विकास और विस्तार नहीं हो पाया। इसके पीछे सबसे बड़ा कारण राजनैतिक अस्थिरता और इच्छाशक्ति का अभाव होना माना जाता है। एक तरह से उत्तराखंड बनने के बाद हम उत्सवी राजनीति से आगे बढ़ ही नहीं पाए।

अब जब राजनैतिक अस्थिरता का दौर खत्म हो चुका है तो पहाड़ में ठोस विकास की आस प्रबल हो उठी है। शिक्षा और स्वास्थ्य सुविधाओं की कमी को लोग पलायन का एक बड़ा कारण मान रहे हैं और इसका निदान चाहते हैं।

लेकिन वास्तविक धरातल पर ऐसा कितना संभव है ? जिस तरह से पहाड़ में पानी पहुँचाया जाता रहा है, उस तरह से डॉक्टर और स्वास्थ्य सुविधाएँ भी क्या पहाड़ पर चढ़ाई जा सकती हैं ? सरकारें अपनी असफलता के लिए डॉक्टरों को जिम्मेदार ठहराती आई हैं। तो फिर कहीं ऐसा तो नहीं कि नए राज्यों में कार्मिक वर्ग अपनी मनमानी पर उतर आते हैं ? इस तरह क्या डॉक्टर अति स्वच्छंद और सुविधाभोगी हो गए हैं ? मुख्यधारा से कट गए हैं ? या फिर डॉक्टर खुद ही रोगी हो गए हैं ? सुखवाद और महत्त्व की मानसिकता के रोगी! या फिर डॉक्टर मरीजों को नशा सुँघाते-सुँघाते खुद भी किसी नशे की गिरफ्त में फँस चुके हैं ? तो फिर क्या डॉक्टरों को नशामुक्ति की जरूरत है ? पुनर्वासन, पुनर्निवेशन और नवीकरण की आवश्यकता है ?

तो क्या सरकारें करेंगी डॉक्टरों को नशामुक्त? नशामुक्ति के लिए जोर जबरदस्ती के साथ-साथ जिस मानवीय संवेदना की जरूरत होती है वह क्या सरकारों, नौकरशाहों के पास मौजूद है? नया बनाने के लिए पुराने को तोड़ने के साथ-साथ फिर से नया बनाने की संकल्पना पहले से तैयार होनी चाहिए। ऐसी इच्छाशक्ति और संसाधन क्या सरकारी तंत्र में विद्यमान हैं?

ऐसा न हो कि डॉक्टर सिर्फ बलि का बकरा हों और असल में बात कुछ और ही हो। भूमंडलीकरण, वैद्यकीकरण, औद्योगीकरण और पूँजीवाद के इस दौर में कुछ भी संभव है। हर संस्था हरेक अन्य संस्था पर हावी होने की कोशिश में है। वर्तमान सरकारी संसाधनों पर कब्जे के लिए विभिन्न संवर्गों में होड़ सी रहती है। शासकीय कार्यों और शक्तियों से वंचित डॉक्टर इस दौड़ में कहीं पीछे नेपथ्य में धकेल दिए गए हैं। तो फिर सवाल यह नहीं है कि जो वर्तमान है, उसे तोड़ा जाए या नहीं। सवाल यह है कि नया बनाने के लिए क्या नया धरातल मौजूद है? सरकार चिकित्सकीय अथवा अन्य संस्थाओं के साथ जो चाहे करे। समाज डॉक्टरों को जैसे ढालना चाहे ढाले। आखिर डॉक्टर किसी अन्य ग्रह से तो आए हैं नहीं। समाज के ही बहुमूल्य संसाधनों से बने हैं। अब डॉक्टरों को अगर पहाड़ चढ़ने के लिए अथवा अभावग्रस्त क्षेत्रों में सेवा देने के लिए ठीक से तैयार नहीं किया जा सका है तो यह सरकारी बौद्धिक तंत्र की ही असफलता मानी जाएगी।

ऐसे में यह कहना कि डॉक्टर खुद ही अपने आप को तैयार करें, आज के मशीनी युग में पूर्णतया अव्यावहारिक है। समाज को जैसी जरूरत होगी, वैसे डॉक्टरों का निर्माण अपने आप ही कर लेगा। सरकारें तो समाज की जरूरतों का आईना भर हैं। यह भी राजनैतिक रूप से उपयुक्त नहीं है कि डॉक्टरों को नैतिकता-मानवता की दुहाई देकर विषम परिस्थितियों में काम करने के लिए बाध्य किया जाए। नैतिकता-मानवता का तकाजा तो यह कहता है कि केवल आदर्श और गुणवत्तापूर्ण सर्वश्रेष्ठ सहूलियतों के साथ ही आम से आम व्यक्ति का इलाज हो। डॉक्टर यही चाहते होंगे। सरकारें भी यही चाहती हैं। किंतु संसाधनों का विकट अभाव है अथवा उनके संचालन में दक्षता एवं इच्छाशक्ति की नितांत कमी है।

डॉक्टर यदि सुखवादी-सुविधावादी हो गए हैं तो फिर समाज में ऐसा कौन नहीं है? क्या पूँजीवादी-वस्तुवादी समाज की कार्यप्रणाली ही व्यक्ति को ऐसा नहीं बनाती? मेडिकल की शिक्षा डॉक्टरों को सिद्धयोगियों में बदल देगी और वो सामाजिक तप करने निकल पड़ेंगे, ऐसी राजनैतिक सोच हास्यास्पद होगी। डॉक्टर अपने आप कुछ नहीं करेंगे। कोई भी अपने आप कुछ नहीं करता। तंत्र करता है या कराता है। सामाजिक संस्थाएँ और कार्मिक संवर्ग प्रत्यक्ष अथवा अप्रत्यक्ष रूप से सिर्फ अपना ही पोषण करते हैं। जब तक कोई बाध्यता न हो, स्वेच्छा से कोई भी त्याग नहीं करता।

किंतु त्याग की संस्कृति के बिना समाज की कल्पना भी मुश्किल है। भले ही कोई भी त्याग विचारधारा के बल पर अथवा आत्मशक्ति की प्रेरणा से किया जाता हो। प्राप्ति के प्रभाव के इतर त्याग का भी अपना महती भाव है। किंतु त्याग की शक्ति के पीछे एक इच्छा-बल छुपा रहता है। आजीविका प्राप्त करना एक तरह का इच्छा बल ही है। स्वच्छक और काम-जीवक अपने जीवन की कीमत पर आजीविका प्राप्त करते हैं। इसी तरह डॉक्टर भी शारीरिक और भावनात्मक संक्रमण-अतिक्रमण को झेल कर ही आजीविका लाभ करते हैं तो मानवता-नैतिकता के स्वाभाविक क्षय से गुजरते हैं। समाज को अपना अधिक-से-अधिक समय देकर डॉक्टर त्याग की गंथि से पुष्ट रहते हैं। जाहिर है, ऐसे में डॉक्टरों को क्षतिपूर्ति अथवा मुआवजे की आस रहती है। समाज भी क्षतिपूरण करता आया है, करता रहेगा। किंतु अधुना मुआवजे की प्रवृत्ति हर एक संवर्ग में घर कर गई है। अब लोगों को प्रत्येक कार्य ही चुनौतीपूर्ण और जोखिम भरा लगने लगा है। यहाँ तक कि पहाड़ों में रहना भी। भूलना नहीं चाहिए कि पहाड़ विकट परिस्थितियों में मानव की शरणस्थली रहे हैं। अब यह एक एहसान हो गया है।

जाहिर है कि समाज को अब डॉक्टरों को और अधिक हरजाना या प्रतिकर नहीं देना। समाज की धारणा है कि पहले ही जरूरत से ज्यादा दिया जा चुका है। अब खुद समाज को ही संपूर्ति चाहिए। डॉक्टरों से परोपकार और धर्मदान चाहिए। सरकारें भी यही सोचती हैं। इसीलिए गाहे-बगाहे डॉक्टरों को नैतिकता बाँटती रहती हैं।

यहाँ पर समाज को सावधान रहना होगा। नैतिकता और परोपकार के रास्ते से संस्थाएँ शासन व्यवस्था पर हावी होती रही हैं। मानवता का ढोल पीट–पीटकर कई बाबा आज बड़े कारोबारी बाबा बन चुके हैं। समाज डॉक्टरों को सर न चढ़ाए तो पीठ पर भी न लादे। डॉक्टरी का दानव मानवता भी पा लेगा तो फिर पूरे समाज का संपूर्ण वैद्यकीकरण होना तय मानिए। कोई भी हकीकत इलाज से गुजरे बिना हकीकत नहीं मानी जाएगी। मानव शरीर पूर्णतया कृत्रिम होता जाएगा। यानी की संज्ञाशून्य धातु–अंगों का गोदाम भर रह जाएगा। क्योंकि संज्ञाशून्यता का आविष्कार ही चिकित्सा विज्ञान का सबसे बड़ा चमत्कार है। प्रकृति ने अपनी अचेतन गोद में चेतना को जन्म दिया और मनुष्य की चेतना ने फिर से अचेतन का ही आविष्कार किया।

(2)

'डॉक्टर पहाड़ नहीं चढ़ना चाहते' कहना तो यह कहना होगा कि रक्त शरीर में ऊपर सिर की ओर नहीं चढ़ना चाहता। ऐसा मानना होगा कि रक्त की अपनी मर्जी होती है। यानी की मनमर्जी।

वक्षस्थल में स्थित दिल कितना भी सुखवादी–आत्मवादी हो जाए, ऊपर दिमाग तक रक्त और ऑक्सीजन पहुँचाए बिना उसका अपना वजूद नहीं बना रह सकता। किंतु लगता है कि जैसे हम उस दौर से गुजर रहे हैं, जब दिमाग की ओर जानेवाली धमनियों, रक्तवाहिनियों में पूरी तरह जंग लग चुकी है। आरामतलब शरीर अब जैसे खड़ा होते ही चक्कर खाने लगता है। जबकि सीधा खड़ा होना ही इनसान की सबसे बड़ी उपलब्धि है।

ऊँचाई के नाम से सबको चक्कर क्यों आने लगता है? उत्तुंगता–भीति सर्वव्याप्त है। केवल डॉक्टरों में ही मौजूद नहीं है। दिमाग से उपजी विचारधाराएँ खुद नीचे की तरफ धरातल ढूँढ़ती हैं। मगर रक्त और ऑक्सीजन को तो दिमाग की ऊँचाई पर पहुँचाना ही पड़ेगा।

खून कब ऊपर नहीं चढ़ता? खून जब अत्यधिक गाढ़ा हो या फिर बहुत ज्यादा पतला। यानी कि रक्त की प्रगाढ़ता और रक्ताल्पता दोनों ही स्थितियों में ऊपर ऊँचाई की ओर प्रवाह रुक जाता है। बेहोशी और चक्कर इसी का

परिणाम हैं। शरीर और स्वास्थ्य दोनों स्ट्रेचर पर लेट जाते हैं।

नीति-नियंताओं को लगता है कि खून गाढ़ा हो गया है। रक्तस्तंभन की बीमारी है। डॉक्टरों को लगता है कि खून की कमी है। एनीमिया है। डॉक्टर और ज्यादा खून की माँग कर रहे हैं। रक्त चाहते हैं। रक्त-आधान चाहते हैं। और अधिक पोषण चाहते हैं। सामाजिक टेक चाहते हैं। डॉक्टरों को लगता है कि उनको वह सब नहीं मिलता, जिसके वे हमेशा से हकदार हैं। नीति-निर्धारक इससे सहमत नहीं। उनको लगता है कि डॉक्टर खून पी-पीकर ज्यादा हृष्ट-पुष्ट हो गए हैं। उनकी खाल और खून गाढ़े हो गए हैं। उनको थोड़ा पतला किए जाने की जरूरत है। वे स्वैच्छिक रक्तदान करें या फिर जबरन खून निकाले जाने को तैयार रहें।

सरकारें मजबूरी पाले बैठी हैं। उनको इस बात का भान है कि सर्वसमाज ही भयानक एनीमिया से पीड़ित है। समाज के पास अब और खून नहीं बचा बाँटने के लिए। कम-से-कम डॉक्टरों के लिए तो बिल्कुल भी नहीं। अगर खून किसी को मिले भी तो सिर्फ मरीज को मिले। जरूरतमंद को मिले। सरकारों के हाथ में सिर्फ डंडा है, जिससे खून तो निकाला जा सकता है, मगर चढ़ाया नहीं जा सकता। जिसे चलाकर चलाया तो जा सकता है, किंतु टेक बनाए बिना ऊपर नहीं चढ़ाया जा सकता। अब सरकार डॉक्टरों को दंड दे या दंड बाँटकर टेक दे, इसका निर्धारण समाज को ही करना है।

दर्शनवादी-राजनीतिज्ञ डॉक्टरों की अहमियत को समझते हैं। उनको डॉक्टरों से आंतरिक प्रेरणा की उम्मीद है। प्रगाढ़ता हो या अल्पता, हर हाल में रक्त ऊपर चढ़ना चाहिए। ऊँचाई पर स्थित अभावग्रस्त मानसिकता की ओर। जहाँ दम घुट रहा है। जहाँ ऑक्सीजन नहीं है।

मगर बात हकीकत या डाइग्नोसिस की भी तो हो। क्योंकि चक्कर और बेहोशी पैदा करनेवाले दोनों रोगों यानी रक्ताल्पता और रक्तप्रगाढ़ता का इलाज एक-दूसरे के उलट है। जरा सी भी चूक जानलेवा साबित होगी। इलाज डॉक्टरों को ही करना है। दंड या डंडे से न्याय तो हो सकता है, इलाज नहीं। परिव्राजक बना जा सकता है, डॉक्टर नहीं।

इन दिनों योग और व्यायाम करने कराने वाले मध्यममार्गियों की बाढ़

सी आ गई है। जिधर देखो, उधर शीर्षासन ही शीर्षासन चल रहा है। अचूक अधोमुखी मंत्र है। सिर को नीचे उलट दो तो खून अपने आप ही दिमाग में चला जाएगा। इसे कहते हैं—हल्दी लगे न फिटकरी रंग चोखा ही चोखा। जाहिर है कि यह सियासी शीर्षासन बहुत काम का नहीं। सर औंधा करके तो कोई भी चल पाने से रहा। कहीं पैर भी काम के न रहे तो बाद में और भी मुश्किल होगी। गरदन टूटने का खतरा सो अलग। ऐसा पहले सियासत में हो भी चुका है।

एक पूर्व मुख्यमंत्री इसी सियासी शीर्षासन में अपनी गरदन तुड़वा चुके हैं। उन्होंने डॉक्टरों से हार मान लेने की राजनीति जोर-शोरों से की। किंतु सिरासन का जो विकल्प उन्होंने प्रस्तुत किया उसे जनता ने चुनाव में पूरी तरह नकार दिया। हालाँकि वे भी काफी सिर-खप मुख्यमंत्री रहे। मगर सिर के बल सिर से ही खेल गए।

तो फिर डॉक्टरी के इस रोग का इलाज क्या हो? सूक्ष्म शल्यचिकित्सा जैसा कि डॉक्टर चाहते हैं? या फिर बड़े उलटफेर वाला लंबा ऑपरेशन, जैसा कि नीति-नियंता सोचते हैं? सर्जरी सूक्ष्मलेजर से हो या फिर डंडे से? कला की तूलिका से हो या कलम से? यहाँ पर न डॉक्टर, न नीतिनियंता बल्कि राजनीतिक-दर्शनकार की भूमिका सबसे अहम हो जाती है। यह एक ऐसा निर्णय है, जो कि हमेशा लिया जाना है। लिया जाता रहेगा। क्योंकि ऐसी स्थितियाँ हमेशा ही आती रहेंगी। वास्तविकतावादी राजनीति को वर्तमान व्यवस्थाओं पर हावी होकर भविष्य की नींव डालनी ही पड़ती है। नया खून चढ़ाना या ज्यादा कारगर यांत्रिक दिल का प्रत्यारोपण कोई समाधान नहीं है। सर्जरी तो होनी ही है। मगर डंडे से नहीं हो पाएगी। डंडे से तो जंग खाए पुराने नल भी टूट जाते हैं। सर्जरी के लिए नई धार वाले नए हाथ चाहिए।

(3)

शरीर एक अद्‌भुत और असंभव रचना है। ब्रह्मांड की मिट्टी में यह शरीर पनप सका, इससे अधिक अभिलाभ और उपलब्धि कुछ भी नहीं।

शरीर जीवित पदार्थ है। बोलता, चलता, सोता, हँसता, रोता, जागता विषय

अथवा सार। किंतु स्थूल द्रव्य दिखने वाला यह शरीर सूक्ष्मकणों और कोशिकाओं का बना है और लगातार सूक्ष्मकणों को ग्रहण करता एवं त्यागता रहता है।

शरीर एक वास्तविक, अर्द्धस्थिर रचना है। यह स्थायी और टिकाऊ दिखता है, किंतु ऐसा है नहीं। वास्तविकताएँ कभी स्थिर नहीं होती। केवल मृत और असार कल्पनाएँ ही अटल हो सकती हैं। केवल निष्प्राण धारणाएँ ही अपरिवर्तनशील हैं। यह वैसा ही है, जैसा कि हम पृथ्वी अथवा अन्य किसी निकाय के बारे में सोचते हैं। पृथ्वी लगातार घूम रही है, बदल रही है, बन रही है। किंतु घूमती हुई, बनती हुई नहीं लगती। जाहिर है कि हम वास्तविकता के उलट एक प्रतीति अथवा सोच की दुनिया में रहते हैं। जैसे कि शरीर का अंग-अंग सुन्न, निष्प्राण, मुये कणों से निर्मित है। तो भी हम शरीर को सप्राण मानते हैं और मृत्यु को अन्यत्र देखते हैं। हमारी अधिकांश चेतना और ज्ञान गलतफहमियों और कपोत कल्पनाओं का ढेर है।

शरीर हमें मुफ्त में बिन माँगे ही मिलता है। शरीर हमारी एकमात्र उपलब्धि है। जो कुछ भी मूल्यवान है, यानी हमारा सारा ज्ञान, सारी संचेतना इसी शरीर पर निर्भर है। शरीर की चेतना से ही हम बाहरी सचेतना का निर्माण करते हैं। शारीरिक संगठन ही सामाजिक संगठनों की नींव है। अशर्त और मुफ्त में मिले इस शरीर के प्रति मन की उदासीनता जगजाहिर है, जो कि सामाजिक विचारधाराओं में भी परिलक्षित होती है। शरीर को हर तरह से आनंद, ज्ञान और धन के लिए यथासंभव तोड़ा-मरोड़ा, निचोड़ा जाता है। किंतु शरीर को कभी उस तरह से मूल्यवान नहीं समझा जाता। जब तक कि शरीर विघटन और मृत्यु के कगार पर न हो।

सारी वैश्विक व्यवस्था और संस्कृति मन के मनोरंजन पर केंद्रित है। शरीर के लिए जुबानी खर्च से ज्यादा कुछ नहीं होता। स्वास्थ्य पर खर्च फिजूलखर्ची है, मनोरंजन पर व्यय आवश्यक खर्च है। खाते, पीते भी इसलिए हैं कि भूख-प्यास लगती है। अन्यथा शरीर को भोजन, पानी भी क्यों मिले? कहना न होगा कि अभी तक हम शरीर और स्वास्थ्य की वास्तविकताओं से कई-कई प्रकाश वर्ष दूर हैं।

तो फिर चिकित्सा विज्ञान की कमियों के लिए अकेले डॉक्टर क्यों जिम्मेदार

हों? क्या शरीर के प्रति सर्वव्याप्त सामाजिक अनदेखी और उदासीनता इसके लिए उत्तरदायी नहीं? क्या शरीर को गौण मानने की मानसिक संस्कृति को इसका जिम्मा नहीं लेना चाहिए? शरीर को सिर्फ राहत देने की संस्कृति अब विज्ञान और समाजविज्ञान दोनों के लिए चुनौती बनती जा रही है। शरीर को जानने-समझने के लिए जिस दर्शन और मित्रभाव की जरूरत है, उसे कभी ठीक से पनपने ही नहीं दिया जाता।

शरीर के बाहर भले ही अच्छे डॉक्टरों का अभाव हो, शरीर के भीतर ही मौजूद 'आंतरिक नैदानिक' शरीर को बराबर दुरुस्त, तंदुरुस्त रखते हैं। अचेतन के इन लगातार सक्रिय डॉक्टरों को प्रतिरोधकता कहते हैं। प्रतिरोध-क्षमता यानी आत्म को अंगीकृत करना और अनात्म को बाहर करना।

शरीर का जन्म अकेले में नहीं समाज में होता है, जहाँ वह अनजाने ही अपने आप को औरों से जुड़ा पाता है। तो जन्म से ही शरीर की सामाजिक प्रतिरोधकता भी होती है। उसकी देखभाल करनेवाले दूसरे शरीर भी होते हैं। बाहर की दुनिया केवल शत्रुतापूर्ण ही नहीं होती, बल्कि उसमें मित्र-शरीर भी मौजूद होते हैं। जो हमारे सगे न होते हुए भी हमारे कीटाणुओं और दर्द की संवेदनाओं को चुन-चुनकर दूर करते हैं।

डॉक्टर ही वे मित्र शरीर या प्रतिशरीर हैं। डॉक्टर लगातार बनते रहनेवाले देह-कारक हैं। डॉक्टर कोई स्थिर शरीर या नित्य शरीर-ज्ञान नहीं, बल्कि आंतरिक नैदानिक से मिले ज्ञान को ही ढोने वाला शरीर है। किंतु यह ज्ञान बड़े कष्टों से प्राप्त होता है। शरीर के शरीर वेदना और त्रासदी भोगते जाते हैं। तब जाकर कोई सूक्ष्म चेतना जागती है। असंख्य ऐसी चेतनाएँ मिलकर शरीर के लिए उपयोगी किसी विज्ञान अथवा तकनीक का निर्माण करते हैं।

पूर्व में डॉक्टर जोखिम उठाकर अपने ज्ञान को आंतरिक नैदानिकता से जोड़कर इलाज किया करते थे। कालांतर में जब आस्था का दौर भंग हुआ तो इसे मनमानी या नीम-हकीमी कहा गया। ऐसे में डॉक्टरों ने अपना दायरा सीमित कर लिया और तकनीक का मुँह ताकने लगे। आंतरिक ज्ञान जहाँ जटिलता को भंग करता है। बाहर से अर्जित चेतना जटिलताएँ पैदा करती है। तकनीक भी मुश्किल से हासिल होने वाला जटिल ज्ञान है। सूचना क्रांति ने तकनीक

का ज्ञान सार्वजनिक कर दिया और विश्वास में और भी कमी आई तो डॉक्टर और मरीज के बीच की जगह मशीनों ने ले ली। अब तकनीक के मशीनी सहारे के बिना प्रशिक्षित डॉक्टर एक कदम भी आगे बढ़ाने को राजी नहीं।

शोध और टेक्नोलॉजी के लिए धन चाहिए तो गाँवों और दूर-दराज क्षेत्रों में कोई पूँजी लगाने को तैयार नहीं। वजह साफ है। सरकारों के पास पर्याप्त धन नहीं। निजी निवेशक जहाँ लाभ की उम्मीद न हो, वहाँ पैसा क्यों लगाएँ?

जाहिर है, संज्ञान के जन्मदाता पहाड़ तकनीक में काफी पीछे रह गए हैं। पहले जब टेक्नोलॉजी पर निर्भरता कम थी तो इन्हीं पहाड़ों में डॉक्टर घर-घर जाकर मरीज देखा करते थे। आज पहाड़ का मरीज भी उच्चकोटि इलाज हेतु स्थानीय चिकित्सकों पर भरोसा नहीं करता। गाहे-बगाहे स्थानीय डॉक्टरों और अस्पतालों पर लापरवाही और अयोग्यता के आरोप लगते रहते हैं। छोटी जगहों में बदनामी और विरोध झेलकर कार्य करना आसान नहीं होता।

सरकार के लिए ये दोहरी चुनौती है। डॉक्टरों को पहाड़ चढ़ाना आसान हो भी जाए तो उच्च दर्जे की मेडिकल तकनीक के बिना डॉक्टरों की डॉक्टरी पर भरोसा कैसे कायम हो? फिलहाल तो डॉक्टर और तकनीक दोनों एक जैसे ही महँगे संसाधनों के लिए सरकार के पास पर्याप्त पूँजी नहीं है। देश में किसी भी सरकार के पास नहीं। इसलिए सरकार के पास निजी सहयोगिता पर भरोसा जताने के अलावा कोई उपाय नहीं।

ऐसा नहीं है कि सरकार डॉक्टरों के लिए कोई सुविधा जुटाना नहीं चाहती। सरकार जब डॉक्टरों को मानवता और नैतिकता की दुहाई दे रही है तो उसका अभिप्राय उस आंतरिक नैतिकता-नैदानिकता से है, जो डॉक्टरों में हमेशा विद्यमान रहती रही है। जोखिम उठाने की क्षमता और चुनौतियों से निपटने की दक्षता डॉक्टरों में न हो तो फिर मेडिकल की पढ़ाई ही इसके लिए दोषी है। डॉक्टरों को छापामार कमांडोज की तर्ज पर तैयार तो नहीं किया जाता, किंतु उनसे विषम परिस्थितियों में जूझने की अपेक्षा तो की ही जाती है। अपेक्षाओं और वास्तविकताओं का द्वंद्व ही डॉक्टरी की सबसे बड़ी विडंबना है।

पहाड़ और गाँवों में डॉक्टरों की उपलब्धता सामाजिक न्याय का हिस्सा है। सरकार को इसके लिए प्रतिबद्ध होना ही चाहिए। किंतु क्या डॉक्टरों से

संवाद के बिना यह संभव है? पर क्या आज डॉक्टर किसी प्रकार का संवाद जोड़ पाने की स्थिति में भी हैं? आज डॉक्टर वे हैं, जो गंदगी दूर करते-करते गंदगी जमा करने के आदी हो गए हैं। मरीजों का संक्रमण हटाते-हटाते खुद ही इतने सक्रंमित हो गए हैं कि उनको खुद इलाज की जरूरत आन पड़ी है।

कहीं ऐसा तो नहीं कि आधुनिक बनने की जल्दी में हम अपने देश में विदेश से आयातित इस चिकित्सा विज्ञान का प्रबंध ठीक से न कर पाए हों? 'पधारो म्हारो देश' बोलते-गाते शायद हमने सारे विदेशी ज्ञान को सर पर बिठा लिया और अपने गाँवों, पहाड़ों की जरूरतों के अनुसार उसे नहीं ढाल पाए। पूरा देश बाहरी ज्ञान की तरफ झुकता चला गया और उसके अनुसार बदलता, ढलता गया। फलस्वरूप मरीजों का दर्द और पीड़ा भी बाहरी और अबूझ बनती गई। देश की ग्रामीणता के दर्द का मुँह भाषा और ज्ञान की परदेशीय जटिलताओं ने बंद कर दिया।

किंतु दर्द की भाषा समझने वालों की हमेशा जरूरत रहती है। ऐसे में झोलाछाप डॉक्टरों और दूसरी पद्धति की वैकल्पिक चिकित्साओं को भी पनपने का मौका मिल गया। कैंसर, मधुमेह और एच.आई.वी. जैसे असाध्य रोगों को रातोंरात ठीक करने का दावा करनेवाले नीम-हकीमों को भी मंच मिलता गया। धीरे-धीरे यह मानसिकता पुष्ट होती गई कि आधुनिक अथवा एलोपैथिक डॉक्टर अपने व्यवसाय के साथ न्याय नहीं कर रहे हैं। वे सिर्फ शवविच्छेदन करना और सरल सहज इलाज को टालना भर जानते हैं। डॉक्टरों और इलाज के प्रति ऐसी गलतफहमी बढ़ती ही चली गई है।

सामान्य जनमानस के लिए डॉक्टर एक चैतन्य और सक्षम व्यक्ति है। डॉक्टर होना ही अपने आप में जीवन की एक बहुत बड़ी उपलब्धि है। किंतु क्या डॉक्टर भी खुद अपने बारे में ऐसा सोचते हैं? डॉक्टरी की आधुनिक शिक्षा पूरी तरह बाहरी टेक्नोलॉजी पर केंद्रित हो चुकी है। जहाँ टेक्नोलॉजी मौजूद है, वहाँ अत्यंत साधारण डॉक्टर भी अच्छा कार्य कर रहे हैं। अंतर्ज्ञान-सहजज्ञान का सारा ठेका झोलाछापों, नीम-हकीमों ने ले लिया है। आधुनिक डॉक्टर केवल टेक्नोलॉजी का साथी है, मरीज का दोस्त नहीं।

तो क्या डॉक्टरी का अस्तित्व खतरे में है?

जब भी मतों और हितों में टकराव होता है तो साथ और हाथ वास्तविकता को ही मिलता है। सच कहें तो यह एक मौका भी है डॉक्टरी में नई चेतना पनपने देने का। पूरे चिकित्सा विज्ञान के पुनर्गठन का और देशी नैदानिक पद्धति को भलीभाँति विकसित करने का। नई आंतरिक नैदानिकता को मौका देने का।

आंतरिक चेतना पैसे के बल पर नहीं जगाई-उगाई जा सकती। सरकारों के दिए प्रोत्साहन डॉक्टरों पर बेअसर रहे हैं। अब सरकार दंडशास्त्र का सहारा ले रही है। जोर-जबरदस्ती से चेतना जगाने का काम होगा।

चेतना का विकास वास्तव में जोर-जबरदस्ती और दंडविधान से ही हुआ है। सहजता से नहीं। बिना दंडोपचार के कोई नहीं जागता।

डॉक्टर दुहाई दे रहे हैं कि उनके ज्ञान का कोमल पौधा पहाड़ की विषम परिस्थितियों में सूख जाएगा। सरकार कह रही है, कैक्टस बन जाओ। रामबाँस बन जाओ। तो अगर डॉक्टरों ने सचमुच मोटी चमड़ी और काँटे उगा लिये तो क्या होगा? कहीं हम डॉक्टरी के पुष्पविहीन, सुरभिविहीन सहरा की ओर तो नहीं बढ़ जाएँगे?

फूलों की घाटियाँ उच्च हिमालयी क्षेत्रों में ही पाई जाती हैं। हिमालय ही वह एकमात्र जगह है, जहाँ वनस्पतियाँ बढ़ने और चढ़ने का इंतजार नहीं करतीं, वरन् पैदा होते ही चटक रंगों के सुगंधित फूल देने लगती हैं। सिर्फ फूल उगाने के लिए ही उगना अस्तित्व की एक चमत्कारिक और दार्शनिक प्रवृत्ति है, जिसकी डॉक्टरों में भी मौजूदगी रहती है। डॉक्टर अपने वजूद की तुलना सारी धूप और वातानुकूलित हवा पी जानेवाले अपुष्पीय, अगंध पौधों से तो कर ही नहीं सकते।

औषधीय पादप भी ऊँचे पहाड़ों में ही एकांताश्रय लिये हुए हैं। तो फिर जहाँ दवा मौजूद, वहाँ डॉक्टर कैसे गैरहाजिर?

(4)

अंत में एक व्यक्तिगत कोढ़ की खाज से निबटना जरूरी है। मेरे डॉक्टर साथी मुझ पर आदर्शवादी-बगुलाभगत होने का आरोप न लगाएँ—मैं एक डॉक्टर ही हूँ। अपना काम बखूबी जानता हूँ। और मेरा व्यवसाय है गलतफहमियाँ

दूर करना। पूर्ववर्ती सरकार में जब 'देव' नाम के भगंदर रोग ने पूरे स्वास्थ्य विभाग को गरम पानी में बैठा दिया था तो राजनैतिक छल-बल से और पैसे के खेल से सारे डॉक्टर मैदानों में जमे रहे। मेरे अलावा क्वचित् ही कोई पहाड़ चढ़ा होगा। वह भी पूरा मंडल-कमंडल बदलकर। पहाड़ में मेरी डॉक्टरी भले ही दो वर्ष के आस-पास की ही रही हो, लेकिन उस अल्पावधि को भी लोग एक युग की तरह याद करते हैं। परिवार से अलग, सुदूर पहाड़ में एक मिशनरी कुष्ठरोगाश्रय की टिन की छत के नीचे रहकर तथा रामकृष्ण आश्रम की बंगाली खिचड़ी खाकर मैंने एक नहीं, तीन-तीन जिले के रोगियों को विशेषज्ञ सेवाएँ दीं।

यह अनुभव शासन के काम का था। डॉक्टर पहाड़ों में साल-दो साल के रोटेशन पर भेजे जा सकते। उत्कृष्ट सेवा के आधार पर ही पुनः सुगम में तैनाती मिलती। पहाड़ में डॉक्टरों को लंबी तैनाती न दिया जाना और भी ज्यादा जरूरी है। क्योंकि पहाड़ों में शीघ्र ही जड़ता घर कर जाती है। जड़ता अन्य पेशों के लिए तो फायदेमंद है, किंतु डॉक्टरी पेशे के लिए घातक है। ऐसे में सरकार का फोकस विशेषज्ञ कार्मिकों को पहाड़ में बसाने के बजाय पहाड़ में काम करवाने पर होना चाहिए। मतलब कि पहाड़ में काम कराने के लिए एक लक्ष्य देना जरूरी है। लक्ष्य एक ही हो सकता है। जैसा कि हम उच्च हिमालय के पादपों का अनुसरण करके सीख सकते हैं—उगो तो बस खिलने के लिए! ऊँचाई पर ऊँचा कद मायने नहीं रखता।

आपदा के बाद अपने एक माह के केदारनाथ प्रवास के दौरान मुझे जो दृष्टिगोचर हुआ, वह काफी प्रेरक है। पहाड़ में जल्दी और सटीक काम करना जरूरी है। कम समय में ज्यादा काम करना जरूरी है। पुनर्विचार के लिए वक्त नहीं रहता। न जाने कब हिमपात शुरू हो जाए। या फिर से जमीन हिल जाए अथवा जल-प्रलय आ जाए। जो करो, अपना सबकुछ देकर करो। सबकुछ दाँव पर लगाकर करो। पहाड़ में कल लौटकर नहीं आता। नया कल आता है, नई हकीकतों के साथ।

पहाड़ में डॉक्टर तो हैं, पर काम के उतने नहीं। सारे कामचोर डॉक्टर, स्वास्थ्यकर्मी पहाड़ों में छुपे बैठे हैं। जो काम करते हैं, वे अवसरवादी हैं। पूरी

कीमत वसूलते हैं—वह भी मन भर का एहसान जताकर। सरकारों ने कभी निकम्मे और काम के डॉक्टरों के बीच विभेद करने का राजनैतिक साहस नहीं जुटाया। यहाँ तक कि विशेषज्ञ डॉक्टरों का भी सामान्य वर्ग में विलय कर दिया। अब तो हाल यह है कि डॉक्टर पहाड़ में जाते ही हैं काम न करने के लिए। पहाड़ों में जमे बैठे इन अनुर्वर वृक्षों की छाया में पुष्पित होकर अपनी औषधीय खुशबू बिखेरना कितना मुश्किल है, अधिकारी-वर्ग यह समझना नहीं चाहते। जब तक सरकारें हालात की इस गहराई में जाकर चीजों को उलट-पलटकर नहीं देखेंगी, तब तक पहाड़ों में चिकित्सा सुविधाएँ जंग लगे स्टेचर पर ही लेटी मिलेंगी।

□□□